HARLEQUIN
Deseo

UNA BELLA DESCONOCIDA
Cait London

HARLEQUIN®
Tiempo para ti®

Editado por HARLEQUIN IBÉRICA, S.A.
Hermosilla, 21
28001 Madrid

I.S.B.N.: 84-671-0177-6
Depósito legal: B-42171-2002
Editor responsable: M. T. Villar
Diseño cubierta: María J. Velasco Juez
Composición: M.T., S.L.
Avda. Filipinas, 48. 28003 Madrid
Fotomecánica: PREIMPRESIÓN 2000
c/. Matilde Hernández, 34. 28019 Madrid
Impresión y encuadernación: LITOGRAFÍA ROSÉS, S.A.
c/. Energía, 11. 08850 Gavá (Barcelona)
Fecha impresion para Argentina:27.8.03
Distribuidor exclusivo para España: LOGISTA
Distribuidor para México: PUBLICACIONES SAYROLS, S.A. DE C.V.
Distribuidores para Argentina: interior, BERTRAN, S.A.C. Vélez
Sársfield, 1950. Cap. Fed./ Buenos Aires y Gran Buenos Aires,
VACCARO SÁNCHEZ y Cía, S.A.
Distribuidor para Chile: DISTRIBUIDORA ALFA, S.A.

Capítulo Uno

Jarek Stepanov se lanzó al Océano Pacífico sin importarle la temperatura gélida de las aguas que le llegaban hasta los muslos. Las algas marinas se arremolinaban entre sus piernas y la neblina del amanecer lo envolvía en un halo de aire salado y recuerdos.

Como una amante que acaparase su atención, la culpabilidad que sentía le susurraba al oído mientras sus botas se hundían cada vez más en la arena del fondo.

Pero él ya no tenía ninguna amante, ni siquiera la joven esposa que aún amaba y a la que echaba terriblemente de menos.

Unos kilómetros más arriba, por la costa del estado de Washington, oculta entre la niebla, estaba la Roca del Ahogado. ¿Habría matado a Annabelle? ¿Habría lanzado el mar su bote con tanta furia como para hacerlo volcar?

Jarek se inclinó para apartar las algas con la mano. ¿Habría estado su joven esposa atrapada entre las algas, luchando por salir a la superficie?

Con la marea baja se podía llegar desde el pequeño pueblo de Amoteh hasta Strawberry Hill, la preciosa península de las fresas, por una carretera estrecha; pero aquel día aciago la marea estaba alta, convirtiendo la península en isla al separarla del resto de la costa.

En aquellas ocasiones, la única forma de llegar era por mar.

Jarek se pasó sus manos fuertes por la cara para limpiar las lágrimas que le corrían por las mejillas. Tenía que haber llevado a su mujer en la motora. Debería haber...

Pero Annabelle no había querido esperar a que él acabara aquella mecedora que estaba preparando para un cliente. Tampoco había querido esperar más para intentar ir a por el hijo que tanto deseaba, que los dos deseaban.

—No me importa lo que el médico diga —había dicho ella—. Dos abortos son suficiente y ahora quiero un hijo. Es el momento adecuado para quedarme embarazada. Ahora. Lo sé. Vamos a Strawberry Hill...

La última discusión resonaba en su cabeza como el sonido de las olas, y la horrible visión del bote vacío de Annabelle le nublaba la vista.

Nadie sabía la razón por la que había ocurrido aquella terrible tragedia en un día tan claro y sereno. Sin embargo, alguien encontró su cuerpo flotando entre las algas con unas cuantas fresas salvajes enredadas en el pelo.

Las luces del pequeño pueblo costero de Amoteh, donde Jarek había crecido, lucían con debilidad en la distancia. Acababa de regresar de un viaje a Midwest.

Inhaló el aire salado y dejó que el sentimiento de estar en casa lo embargara.

Aquel día debería haber llevado a su mujer...

Jarek miró hacia los pinos del otro lado de la raya plateada que unía la isla con la costa. La niebla le daba a todo el paisaje un aspecto misterioso. Quizá fuera cierta aquella antigua maldición hawaiana.

Debería haber pasado más tiempo con Annabelle hacía diez años. Pero no lo había hecho y ahora ya no le quedaba nada de ella, nada que amar, solo los recuerdos y el sentimiento de culpabilidad.

Jarek elevó la cara hacia el cielo, sintiendo los latidos de su corazón vacío, y deseó que el mar le devolviera a su esposa. Annabelle... Annabelle. Su nombre resonaba entre las olas mientras las primeras gaviotas surcaban la niebla.

Jarek se duchó, se vistió y, con los pies aún descalzos, se dirigió hacia el porche que daba al Océano Pacífico. Tenía una casa pequeña con solo un dormitorio, muy diferente a la casa moderna que había construido para su esposa. Había empaquetado todo lo que tuviera un valor sentimental y lo había dejado en una habitación del taller de muebles de su padre. Allí estaba todo cubierto con sábanas; pero de los recuerdos de Annabelle no podía liberarse con tanta facilidad. En su casa ahora vivía otra familia. Habían puesto columpios en el patio de atrás y siempre había ropa de bebé tendida en la cuerda.

Annabelle había deseado tanto tener un hijo... La marea estaba empezando a subir, justo dos horas después de su regreso del viaje de negocios. En el malecón, unos cuantos pescadores estaban preparándose para comenzar el día, con los cubos llenos de cebo a su lado. En el agua flotaban unos cuantos botes. Más allá había otro embarcadero más grande con barcos de mayor envergadura.

El viento y el agua de Amoteh era su hogar. Y era un placer estar de nuevo en casa después de un viaje difícil de dos semanas a Missouri y Arkansas.

Jarek tenía un bollo en una mano y una taza de café en la otra. Miró cómo aparecía el sol por el horizonte y a las gaviotas alzarse en el cielo azul; dejó que la paz lo inundara.

Poca gente sabía lo que había sufrido por la muerte de su esposa y el sentimiento de culpabilidad que lo embargaba por no haber ido con ella. Pero sus padres y su hermano sí lo sabían.

Cuando llegó a casa de sus padres, se encontró los bollos de arándanos que tanto le gustaban sobre la mesa de la cocina. Mary Jo Stepanov, una hermosa rubia tejana, había sonreído encantada al ver llegar a su hijo. Su padre, que era ruso, lo abrazó y le dio dos besos; después salió para ver la madera de nogal y roble que su hijo había traído.

La cocina era de madera de roble y la había construido su padre. También el resto de la casa estaba amueblada con los muebles que ellos mismos hacían. Era un hogar espacioso y con unas hermosas vistas al mar, donde Jarek y su hermano Mijail solían ir a pescar de niños.

Cuando eran pequeños, después de ayudar a su padre en el taller de muebles, tenían la costumbre de ir a tumbarse a Strawberry Hill. Allí hablaban de la maldición que el jefe hawaiano había lanzado sobre la península. El hombre debía haberse sentido furioso cuando los pescadores de ballenas le robaron su tierra y lo hicieron esclavo. Ese fue el motivo por el que maldijo la tierra donde murió.

Quizá fuera por su sangre rusa apasionada, pero Jarek siempre pensó que aquella maldición era un mal augurio; sobre todo, después de la extraña muerte de Annabelle.

Los dos hermanos tenían los ojos verdes de su madre y el pelo oscuro y ondulado de su padre; pero solo Jarek había heredado el carácter temperamental ruso. Mijail tenía una naturaleza más atemperada ¿O sería que sabía ocultar mejor sus emociones?

Mijail trabajaba de director en un hotel de una cadena internacional y su único propósito era conseguir más ingresos para su pueblo. Como resultado de su éxito, había perdido a su mujer.

En la montaña, en lo alto del pueblo, se erigía el lujoso hotel Amoteh. Allí los turistas podían bañarse en la piscina cubierta o en la exterior, jugar al tenis o al golf, caminar por los senderos entre los pinos o darse un paseo hasta la playa. Allí trabajaban la mayoría de los residentes de Amoteh.

En contraposición con su hermano mayor, Jarek era un hombre sencillo que disfrutaba de la naturaleza y de los pequeños placeres de la vida.

Sobre todo le gustaba tener un trozo de madera entre las manos. En unos minutos, se dirigiría al taller y ayudaría a descargar la madera que acababa de traer de Midwest.

Mientras disfrutaba de su taza de café en el porche, del interior surgían los mensajes del contestador. El primero era la voz de una mujer. Jarek frunció el ceño. Había disfrutado de la compañía de Marcela durante la última fiesta organizada por el hotel de su hermano. Había disfrutado del baile, pero ahí terminaba todo. Tenía treinta y seis años, pero sentía que solo había una mujer para él, la mujer a la que llevaba en su corazón... pero ella había muerto.

El mensaje de Linda Baker era para invitarlo a cenar. A Jarek no le resultó sorprendente porque sabía que su hija acababa de divorciarse. De niños, Deidre y él habían jugado juntos y ella le había contado cosas sobre su futuro príncipe azul. Ahora se acababa de divorciar después de tener tres hijos.

Jarek se acabó el bollo de arándanos que se estaba comiendo.

En dos semanas comenzarían a llegar los turistas de junio. Se llenarían los muelles con barcos nuevos y las calles empezarían a bullir de gente.

Amoteh rebosaría de vida. Los visitantes del hotel de Mijail se quedarían en sus habitaciones de lujo, decoradas con muebles Stepanov y, normalmente, antes de marcharse encargarían algo para ellos.

Jarek dio un sorbo a su café y disfrutó de la

suave brisa. Esa noche, cuando todos los turistas hubieran desaparecido del hotel, llevaría la estantería a la sala de exposiciones del hotel y, después, disfrutaría de su llegada a casa.

Le gustaba estar de vuelta.

En la sala de exposiciones de los muebles Stepanov, Leigh Van Dolph intentó resistirse a la llamada de la cama de nogal; pero no lo logró. Tenía que descansar, aunque solo fuera durante un instante, así que se sentó sobre la cama. Después se deshizo de sus zapatos de tacón, dejó su pesado maletín en el suelo y se desabrochó la chaqueta del traje.

Observó sus medias destrozadas. Llevaba todo el día intentando localizar al director del hotel, un hombre alto y de aspecto frío, pero no lo había logrado. En una ocasión le pareció haberlo visto por un pasillo. La carrera que llevaba en la media era el resultado de un encontronazo con una planta en el intento de llegar hasta él.

Ya eran la seis de la tarde, por lo que Mijail probablemente estaría cenando. Los clientes solían ser más amables después de una comida, así que ella se había paseado entre los muebles mientras esperaba para hablar con él. El estilo de la cama de nogal era consistente y suave e iba a juego con el resto de las piezas. El anuncio a la entrada decía que los muebles Stepanov estaban hechos para durar.

–Consigue que Mijail Stepanov te deje abrir

una tienda Bella de ropa deportiva en su hotel y tendremos las puertas abiertas para todos los hoteles de lujo. El Amoteh es una muestra de lo mucho que la cadena Mignon confía en él. Es un hueso duro de roer, Leigh, pero muy respetado. Si consigues que firme un contrato con nosotros, tendrás una buena prima. Además de una prima especial por cada hotel que firme un contrato con nosotros a partir de ahí.

Esas habían sido las palabras de Morris Reed, su jefe y amigo.

Leigh dejó escapar un suspiro. La última escapada de sus padres había acabado con la cita que tanto le había costado concertar. Después había estado tan preocupada por los dramas de su padres, que no había llamado para posponer la reunión. Cuando lo recordó, fue imposible contactar con él.

Quería a su familia más que a nada en el mundo, pero sus padres actuaban como si fueran unos niños. Ed y Bliss se habían quedado en la época de los *hippies,* y la última que habían montado había sido una sentada en protesta por la demolición de un faro, antiguo pero insalvable. Después Ed, como su padre quería que lo llamara, había tenido apendicitis. Leigh tuvo que pedir dinero para pagar un abogado y para las facturas del hospital.

Necesitaba urgentemente las primas que Morris le había prometido para mantener a su familia y estaba dispuesta a arrodillarse ante Stepanov con tal de conseguir aquel contrato.

Leigh volvió a dejar escapar un suspiro mientras acariciaba la suaves mantas de la cama y deseó poder meterse dentro y dormir.

Pero no podía. Tenía que alcanzar al director de Amoteh y convencerlo de que una tienda de ropa deportiva Bella era ideal para su hotel. Lo peor era que su cita tenía que haber sido hacía dos semanas y no podía explicarle sus problemas familiares a aquel hombre. Su secretaria había rechazado la disculpa inventada.

–Al señor Stepanov no le gusta la gente que no cumple sus acuerdos.

En la sala de exposiciones, Leigh bostezó y se desperezó, sintiendo en cada músculo las incomodidades del viaje en el coche de alquiler y del tráfico de Seattle. El vuelo que había tomado desde San Francisco había llegado con retraso, por lo que tuvo que atravesar la ciudad en una hora punta. Después, el viaje hasta la costa le había llevado tres horas más. Todo ello, unido al día de búsqueda inútil, la había dejado extenuada.

Leigh sacó el teléfono móvil del bolso para llamar a sus padres.

–Ed está bien, Precious –afirmó Bliss, contenta.

Leigh meneó la cabeza al escuchar el nombre que sus padres le habían puesto al nacer, Precious Blosson. En cuanto obtuvo la mayoría de edad, se lo cambió de manera legal. Ahora tenía treinta y cuatro años, trabajaba de representante para Bella y se ocupaba de sus padres y de su hermano Ryan, una persona bastante inmadura.

Ella los quería más que a su propia vida. Solo deseaba lo mejor para ellos y haría todo lo que se encontraran en sus manos para que estuvieran bien.

–Salió del hotel que le buscaste, Precious. Ed quería estar en casa y a mí no me dejaban teñir camisetas en el lavabo de la habitación. Se portaron muy mal.

Leigh tomó aliento y apuntó el teléfono del *camping* donde estaban sus padres, después de ser expulsados del aparcamiento de un supermercado.

–Por favor, Bliss, quedaos ahí un tiempo y portaos bien. Estoy intentando cerrar un trato que me proporcionará una prima muy interesante y necesito vuestro apoyo.

–Por supuesto, Precious. Siempre tendrás nuestro apoyo y nuestro amor. Pero tienes que tranquilizarte. Te preocupas demasiado por las cosas materiales, como el dinero. Tienes que explorar tu interior y escuchar la voz que hay dentro de ti. Tienes un alma especial. Tu capacidad para amar es ilimitada. No te preocupes más por el dinero y déjate llevar, tesoro.

Después de hablar con Ed y sacarle la promesa de que no seguirían «la llamada del universo» y se marcharían de allí, Leigh se acomodó en la cama. Debido a la vida tan ajetreada que llevaba, estaba acostumbrada a descansar en cualquier parte.

Apoyó la cabeza en la almohada.

Afuera, el hotel parecía empezar a tranquilizarse. Leigh miró su reloj. Había llegado a las dos de la tarde y se había encontrado que todos los empleados están muy ocupados preparándose para la nueva oleada de turistas. Ya eran las seis de la tarde y ella pensó que, desde que había sacado a sus padres de la cárcel, solo había conseguido dormir a ratos perdidos.

Simplemente tenía que conseguir abrir una tienda Bella en el hotel Amoteh, lo demás vendría rodado. Lo único que tenía que hacer era convencer a Stepanov.

Pero él no estaba disponible para nadie que hubiera faltado a una cita sin excusa previa. Su secretaria, seria y concienzuda, se lo había dejado muy claro.

—El señor Stepanov ha dicho que deje su tarjeta. Ahora está reunido y no se le puede molestar. No sé si comprende que Amoteh es parte de la cadena internacional Mignon; normalmente, todas las ideas sobre tiendas se discuten en las oficinas centrales en Seattle, ¿por qué no prueba allí? Aquí tiene la dirección. Estoy segura de que si su empresa tiene buena reputación, no les importará hablar con usted.

«Aquí tiene la dirección», repitió Leigh en voz alta, mientras se acomodaba soñolienta en la cama de la sala. No tenía ninguna duda de que su tarjeta de visita estaría en la papelera.

Leigh escuchó el ruido de un carrito por el pasillo, pero estaba demasiado cansada para incorporarse. Descansaría un poco y, cuando el hotel estuviera tranquilo, encontraría a Stepanov.

Se despertó unas cuantas horas después y descubrió que el hotel estaba en silencio. La luz de la luna brillaba sobre el agua de la piscina que se reflejaba en el techo de la habitación. La puerta de la sala estaba cerrada con llave.

Leigh bostezó y llamó a la puerta; pensó que si alguien la descubría podía fingir que estaba indignada. Stepanov quizá se mostraría más atento si se enteraba de que sus empleados la habían dejado allí encerrada. Volvió a bostezar. No estaba enfadada. Estaba abrigada y a gusto, en una habitación agradable y una cama lujosa; mucho más de lo que había tenido en varios días.

Después del enfrentamiento de sus padres con la policía y la operación de Ed, este retraso era insignificante. Además, Stepanov no se iba a marchar a ninguna parte justo antes de la llegada de los turistas. Estaría allí por la mañana temprano y ella estaría esperándolo.

Se quitó el traje de chaqueta y las medias. Le parecía lo más lógico aprovecharse de la cama de la que disponía. Después se quitó la blusa y lo colgó todo en el precioso armario de nogal a juego con la cama. Dando un bostezo, se volvió a meter entre las sábanas de satén negro y escuchó el sonido de las rítmicas olas. Se levantaría temprano y, cuando abrieran la puerta, esperaría para salir sin que nadie la viera.

Leigh se movió en la cama y miró la hora. Solo eran las tres de la mañana, todavía podía disfrutar de unas horas más antes de que los del servicio empezaran a trabajar.

Entonces escuchó una respiración. Giró la cabeza sobre la almohada y vio a un hombre tumbado junto a ella sobre la lujosa colcha.

Lo único que podía ver era una melena más larga que la de ella, que llevaba el pelo corto y rizado. El resto de la cara estaba en sombras. Su cuerpo parecía grande y fuerte y era mucho más alto que ella. Estaba tumbado con la camisa abierta, con una mano sobre el pecho y la otra...

Leigh miró hacia el cálido peso que tenía sobre la cadera. Allí estaba la otra mano, posesiva. Mientras la miraba, él extendió los dedos y los volvió a recoger, acariciándola. Olía a jabón, a madera, a aire salado y a hombre... la misteriosa mezcla la envolvió.

–¿Qué estás haciendo en mi cama? –preguntó el hombre con una voz profunda y soñolienta mientras se incorporaba.

Leigh se aplastó contra la cama, muerta de miedo.

–¿Tu cama? ¿Quieres decir que normalmente duermes aquí?

–A veces –respondió él con un acento muy musical, recorriéndola con la mirada.

Leigh se hundió aún más entre las sábanas e intentó calmarse.

–Deberías haberte quitado toda la ropa –añadió él, con un susurro que la hizo temblar–. Así podrías disfrutar mejor de las sábanas, son de la mejor calidad.

A Leigh no le cabía ninguna duda de que él habría probado aquella calidad con alguna amante.

–¿Te importaría marcharte, por favor? –preguntó ella, temblorosa.

El hombre le acarició el pelo con aquella mano grande y fuerte. Después le acarició la mejilla y los callos que tenía le indicaron que trabajaba con las manos.

Algo difícil de definir flotaba en el aire, entre ellos.

—Por lo caliente que está tu piel, me imagino que estás sonrojada. Eso me hace creer que no estarías esperando a ningún amante para darte un revolcón en la cama de una exposición.

Leigh pestañeó. Tenía demasiadas preocupaciones como para pensar en amoríos. Pero presintió que aquel hombre debía ser un experto.

—¿La gente hace eso?

Él se encogió de hombros y ella volvió a temblar cuando la miró con una sonrisa sensual.

—De vez en cuando me encuentro a alguien cuando vengo a colocar las cosas.

—Entonces debes trabajar para mantenimiento o seguridad. Por favor, si me dejas sola un momento, me vestiré y me marcharé.

—Primero dime por qué estás aquí. En mi cama —añadió con una voz más ronca.

—Tenía sueño y...

—Esto es un hotel y en esta época tiene buenos descuentos.

—He visto el folleto del hotel y sigue siendo bastante caro. De todas formas, solo he venido para tratar un negocio con el señor Stepanov. Debes conocerlo, ¿verdad? Pues no me gustaría tenerle que decir que me has estado molestando.

—¿Molestándote? ¿Yo? Eres tú la que estás en mi cama. Hemos dormido juntos.

La frase era casi arrogante y su voz tenía un deje extraño.

Leigh tragó con dificultad.

–Lo dices como si hubiéramos tenido... como si hubiera habido algo íntimo entre nosotros. Y eso es falso.

El se movió un poco, con gracia, y aquel leve movimiento le envió una oleada de algo que no podía definir, pero que la dejó sin aliento. En aquel momento le pareció que la cama se movía, empujándola hacia él.

Leigh intentó pensar en el asunto con frialdad. Ella no era una mujer pasional y, fuera lo que fuera, lo que estaba sintiendo no era real.

–Estoy aquí por negocios. No quise quedarme dormida, pero pasó. Después vi que estaba encerrada y pensé aprovechar la situación.

Los ojos de él brillaron mientras le recorrían la cara, el cuello...

–¿Sueles quedarte dormida en lugares extraños?

–Llevo dos semanas muy ajetreadas y estoy exhausta. Y no me importa echar una cabezada en cuanto tengo la ocasión. Llevo siglos sin dormir una noche entera. Ahora, si no te importa...

–Yo también estoy cansado –dijo él, dándose la vuelta en la cama, ofreciéndole la espalda–. Duérmete.

–Márchate.

–No, márchate tú.

–Yo llegué primero –dijo Leigh de manera automática.

El hombre no respondió nada. Leigh tuvo la

sensación de que él iba a protegerla. Nunca se había sentido protegida, ni siquiera de pequeña.

Como si le hubiera leído el pensamiento, él le preguntó:

—¿Quién cuida de ti?

—Nadie. Yo cuido de todos —respondió ella, soñolienta—. Y si me molestas o le dices una palabra de esto al señor Stepanov, me las arreglaré para que te eche. Este contrato es muy importante para mí y no dudaría en hacerte la vida imposible si intentaras arruinármelo.

—¡Vaya chica dura! —dijo él, divertido.

Era solo un trabajador y no era probable que intercambiara confidencias con el señor Stepanov; por eso dejó escapar toda la frustración que sentía.

—Si crees que es fácil crecer en una caravana y cuidar de unos padres totalmente irresponsables, estás muy equivocado. Llevo solucionando mis problemas desde que tengo uso de razón. Y no voy a consentir que tú me crees más. No le diré al señor Stepanov que duermes aquí casi cada día si tu no le dices nada. ¿Entendido?

—Entendido —respondió él, soñoliento—. Que descanses.

Leigh agarró la almohada y se la acomodó bajo la cabeza. Aquel hombre probablemente dormía allí cada noche. Olisqueó las sábanas, pero no descubrió la fragancia de ninguna mujer. Todo lo que notó fue el aroma masculino a limón y a mar.

Capítulo Dos

Jarek miró la tarjeta de presentación de Leigh Van Dolph a la luz del amanecer que se colaba por la ventana. Después miró a la mujer que estaba tumbada en la cama.

Sentía un creciente deseo por ella. Si hubieran sido amantes, ya le habría hecho el amor lentamente al despertarse. Nunca pensó que pudiera volver a sentir ese deseo... En su mente vio a su amor flotando sobre una nube de algas. Pero allí estaba aquella excitación, aquel pulso acelerado ante el aroma embriagador de aquella mujer.

Había excitado todos sus sentidos y no estaba muy seguro de si aquello le gustaba o no. Respiró lentamente, oculto entre las sombras, sorprendido por aquella necesidad física que llevaba muchos años dormida. Casi podía sentir su boca exuberante, la delicada piel... Tenía las pestañas largas y rizadas, del mismo tono que los rizos pelirrojos. Deseaba acariciarlos, deslizar sus dedos entre ellos y comprobar su suavidad. Se pasó la mano por el pelo, conmovido por la intensidad de su excitación. Estaba fascinado.

El resto de su cuerpo podría ser el sueño erótico de cualquier hombre. No estaba delgada; tenía pechos grandes y perfectamente redondeados dentro de aquel sujetador práctico. La sábana de seda que la cubría hasta la cintura se deslizó un poco, dejando a la vista una pierna. El brazo lo tenía alrededor de la almohada, como si esta fuera un amante.

De repente sintió una punzada de celos. ¿Acaso tendría ella un amante? La sola idea lo molestó.

Tenía que dejar de mirarla porque el deseo de acariciarla, de hacerle el amor, era cada vez más intenso.

El corazón le latía a toda velocidad y no sabía explicarse por qué le estaba sucediendo aquello después de tantos años, por qué con aquella mujer.

Después de preguntarse qué iba a hacer con ella, de luchar contra el poder atrayente de su aroma femenino y de la visión de sus curvas sensuales, se sentó a su lado.

Ella lo había mirado con los ojos muy abiertos al descubrir su presencia. ¿De qué color eran? ¿Azules como el océano? ¿Negros como el azabache? ¿Verdes como las esmeraldas? ¿Grises como el cielo nublado que precedía a la tormenta?

Contuvo el aliento al verla estirarse. La sábana se deslizó y él deseó no haber visto aquellas exuberantes caderas, la redondez de sus nalgas bajo unas bragas blancas, minúsculas.

Se mordió la mano para resistir la tentación de acariciar la delicada piel de su espalda, para no deslizar los dedos bajo el algodón y...

Una oleada de calor increíble lo sacudió. Estaba seguro de que tendría un tacto suave y cálido.

La excitación era casi dolorosa.

Salió de la habitación, cerró la puerta con llave y se apoyó en la pared para recuperar el aliento. Se acercó a un carrito de la limpieza que había cerca y agarró un letrero de «no molestar» para colgarlo en el pomo de la puerta. Aquello no le intrigaría a nadie porque los empleados sabían que, después de trabajar en el salón, a veces se quedaba a dormir allí.

A las seis de la mañana, el Hotel Amoteh era como una gran bestia dormida, esperando a que el personal de servicio empezara a llenar los pasillos, trabajando para que todo estuviera listo en la temporada turística. Aunque ya había unos cuantos clientes que habían aprovechado los descuentos de invierno para disfrutar del lujo y de la costa, la gran oleada estaba por llegar.

Pronto aparecería Mijail por aquellos pasillos, vestido elegantemente con su traje de chaqueta, para comprobar que todo marchaba a la perfección. Estaba decidido a hacer que el hotel fuera todo un éxito. No solo su reputación de excelente hombre de negocios dependía de ello, sino también el empleo de muchos habitantes del pueblo.

Pero ese éxito le había costado una esposa. Ella había preferido Nueva York y Broadway, obras de teatro, Acapulco y Cannes... No había querido «desperdiciar su vida en un pequeño pueblo que olía a pescado». A Mijail lo había pillado por sorpresa el divorcio y el aborto. No le había dicho nada a nadie sobre sus sentimientos, pero su familia sabía por lo que había pasado. Era un hombre que no se tomaba muy bien el fracaso y lo más probable era que no volviera a casarse. Se había entregado en cuerpo y alma a convertir el hotel en un lugar turístico de fama internacional, y esa empresa se había convertido en su amante y su vida.

Mijail era formidable para los negocios y Leigh Van Dolph deseaba un contrato con él; estaba completamente decidida a conseguirlo.

Jarek sonrió. Sería interesante verlos luchar. ¿Quién ganaría la partida? Ella era una luchadora que no se daba por vencida con facilidad; él mismo lo había comprobado esa noche, cuando le dijo que se marchara de su cama. Además era una mujer desesperada, porque adoraba a su familia y estos dependían de ella.

Jarek entendía muy bien el concepto de amor por la familia. En sus circunstancias, él habría mostrado la misma obstinación.

Según le habían contado sus padres, Mijail se había quejado recientemente de la irresponsabilidad de una vendedora que no se había presentado a una cita. Él era un hombre muy ocupado y no podía perder el tiempo con gente que no sabía llevar bien sus negocios. Si aquella chica era esa vendedora, tenía muy pocas oportunidades de que su hermano la recibiera.

Jugueteó pensativo con la tarjeta de presentación de Leigh Van Dolph, representante de Bella Sportswear.

Había estado tan cansada, que se había quedado dormida en la cama de una sala de exposiciones. Por otro lado, se notaba que no estaba acostumbrada a tener a un hombre en su cama; la expresión de sus ojos al descubrirlo allí se lo había revelado. A su mente volvió la imagen de su cuerpo semidesnudo sobre el lecho, hechizándolo.

Intentó aclarar sus pensamientos. Leigh había crecido en una caravana y ahora tenía un puesto de responsabilidad en una firma de ropa deportiva. Le iba a resultar muy difícil convencer a su hermano, pero él necesitaba tiempo para saber por qué lo excitaba de aquella manera. Tendría que hacer algo.

En aquel instante, Mijail entró por la puerta del despacho con un traje de chaqueta impecable. Era el momento de pedirle un pequeño favor.

Los dos hermanos medían aproximadamente lo mismo, alrededor de un metro noventa, y tenían la misma estructura ósea fuerte. Pero Mijail llevaba el pelo perfectamente peinado hacia atrás; y él tenía una melena ondulada, alborotada, que le llegaba por los hombros, una demostración perfecta de lo diferentes que eran.

Jarek se acomodó en su asiento delante del escritorio de nogal y puso los pies encima de un montón de papeles.

Mijail lo miró con el ceño fruncido. Con la tranquilidad de un hermano mayor, le apartó las piernas y sacudió la hoja de papel de encima.

–Faltó a una cita, Jarek. No hago negocios

con gente así. Ni siquiera se molestó en llamar para cancelarla o para dar una explicación hasta que quiso otra cita. No tengo tiempo y no le debo nada. Debe sentirse afortunada de que no la eche de aquí de un puntapié por tener la osadía de dormir en la cama del salón.

–Tiene a toda su familia a su cargo, Mijail. No es por ella.

Después de un momento, Mijail lanzó un gruñido y, después, le dedicó una sonrisa maliciosa.

–Te ha cautivado, ¿verdad? Parece que esto va a ser interesante. Llevas años huyendo de las mujeres y, de repente, te pones a perseguir a una desconocida. ¿Por qué?

Jarek se encogió de hombros.

–No empieces a frotarte las manos. Solo te estoy pidiendo que accedas a conocerla esta noche en casa de papá y mamá.

–¿Sabe ella que eres mi hermano?

Jarek negó con la cabeza y se puso de pie.

–Vaya. Parece que este juego va a estar muy entretenido.

–Métete en tus asuntos –respondió Jarek, sin querer pensar en lo que estaba haciendo o en dónde se estaba metiendo.

Leigh estaba sentada sobre la cama que acababa de hacer, perfectamente vestida, preguntándose qué iba a hacer a continuación. Tenía el maletín en la mano y había metido en él las medias destrozadas del día anterior. La puerta seguía cerrada con llave e intentó arreglarse lo mejor que pudo pero no había manera de arreglar su pelo sin agua. El día anterior le había dado la brisa húmeda del océano y con aquellos rizos despeinados no podía parecer una mujer de negocios seria.

Y por lo que había oído de Mijail, para los negocios era frío y calculador. Pero, pensándolo mejor, prefería a los hombres así que a los que les gustaba jugar, como aquel de mantenimiento de la noche anterior.

Ya eran las siete de la mañana. Si nadie iba a abrirle aquella puerta...

En aquel momento oyó la llave en la cerradura, y el hombre alto y musculoso de la noche anterior entró por la puerta.

–Pensé que eras más alta –dijo él por saludo–. En la cama parecías más alta. También me preguntaba por tu pelo. Es cobrizo y tus ojos son color miel.

Los de él eran tan verdes como la hierba, frescos y exuberantes. Tenía el pelo castaño y ondulado, y lo llevaba por los hombros. A cualquier mujer le apetecería acariciarlo. Y su boca... Leigh apartó los ojos de aquellos labios carnosos. De nuevo volvía a sentir aquel cosquilleo que le ponía los pelos de punta.

Él alargó una mano para acariciarle la oreja y Leigh tembló ante el contacto.

–¡Vaya! Te has puesto pendientes. Las perlas te pegan mucho: pequeñas y femeninas.

–Yo no soy pequeña –se quejó ella.

Apenas le llegaba a los hombros, a pesar de los tacones; pero es que él era demasiado alto.

No pensaba dejar que la intimidara. Tomó aliento y se preparó para otro enfrentamiento con él.

—Te agradecería que no le dijeras nada al señor Stepanov. Por favor, déjame salir.

—Pensé que te apetecería refrescarte un poco... —ofreció él con suavidad, alargando una mano para acariciarle el pelo—. Cambia de color con la luz. Tienes brillos dorados entre las llamas.

—Deja mi pelo en paz —lo interrumpió ella, apartándose—. Y sí, me gustaría refrescarme si es posible.

Odiaba aquella sensación de estar desaseada; ya había tenido demasiado desorden durante su infancia.

Él le sonrió divertido. Olía a jabón, pero su pelo estaba tan despeinado como la noche anterior.

Leigh sabía que al director le gustaba contratar a gente del pueblo, y la piel bronceada de él decía que pasaba bastante tiempo en el exterior. Las manos grandes y la anchura de sus hombros indicaban que era un hombre que hacía trabajos físicos y que pasaba poco tiempo en una oficina.

Ella entendía muy bien a los hombres de negocios. No solían perder el tiempo con tonterías que no llevaban a ninguna parte, por lo que los halagos de ese hombre la desconcertaban.

—Doy buenas propinas cuando recibo un buen servicio —dijo ella para cortar de raíz cualquier idea errónea que él tuviera en mente sobre la forma de pago.

Él le dedicó una gran sonrisa y a Leigh se le pasó por la cabeza la imagen de un pirata. Un pirata que fácilmente podía capturar el corazón de una mujer.

–¿Quieres desayunar? La cocinera a veces me prepara el desayuno. Tendrías que desayunar conmigo, claro; si no los empleados te echarían a la calle y, entonces, te costaría mucho volver a entrar.

El estómago de ella crujió. No tenía ningún sentido intentar llegar al director con semejantes ruidos.

–Me encantaría –respondió–. Por supuesto, lo pagaría.

Por dentro, Leigh pensó en lo que debía costar una comida en aquel lugar; pero un contrato con Stepanov bien merecía la pena. Incluso si tenía que aguantar la mirada desconcertante de aquel hombre.

–Me encantaría ir al baño –dijo a media voz, y sacó de su bolso un neceser pequeño.

Él asintió y se asomó al pasillo.

–Sígueme. No sería una buena idea si Mijail... si Stepanov te encontrara ahora; le da mucha importancia a la primera impresión.

Cuando él la agarró de la mano y la llevó de puntillas por el pasillo, Leigh se sintió como si estuviera en una película de espías. Él abrió la puerta de una habitación y le indicó dónde estaba el baño.

–Yo vigilaré. No te preocupes. La puerta se cierra por dentro. Tómate todo el tiempo que necesites.

–Gracias, solo será un minuto.

Leigh rebuscó en su bolso, sacó la cartera y le ofreció dos billetes de cinco dólares. Como él no hizo el gesto de tomarlos, ella se los metió en el bolsillo de la camisa.

–Mira, acabas de ayudarme y yo quiero agradecértelo, ¿de acuerdo?

La mirada de él fue poco amistosa.

–Me ofendes –dijo llanamente–. Solo quiero ayudarte. ¿De verdad crees que lo hago por dinero?

–No, pero aprecio tus servicios –respondió ella intentando buscar una respuesta lógica. Prefería mantener una relación estrictamente profesional con aquel hombre. Ya era bastante desconcertante sin que pretendiera ser su amigo–. Y me imagino que el dinero no te vendrá mal.

–Me basta con que me des las gracias. Te esperaré aquí fuera –dijo cortante.

Leigh tuvo unos minutos para relajarse en aquella ducha de lujo. Se lavó el pelo y se lo secó con el secador. Después, como no llevaba ropa interior de repuesto, se puso un biquini que llevaba en el muestrario.

Después de la ducha se sintió mucho mejor. Salió del baño dispuesta a enfrentarse al señor Stepanov.

–Ya nos podemos marchar –le dijo a Jarek, que no le había quitado los ojos de encima desde que salió del cuarto de baño.

–Antes me gustaría que dijeras mi nombre. Me llamo Jarek.

Leigh consideró durante un segundo la petición. No parecía del todo irrazonable, por lo que aceptó.

–Jarek.

–Dilo otra vez –murmuró él, inclinándose hacia ella, apoyando la mano en la pared.

–Jarek.

¿Por qué sentía que le faltaba la respiración y él corazón le iba a tanta velocidad? Lo único que podía ver eran aquellos ojos verdes. De repente sintió un cosquilleo que no entendió. Presintió cambios y misterio, también peligro. ¿Por qué le sucedía aquello?

Él le dedicó una breve sonrisa, como si se sintiera satisfecho, y la tomó de la mano.

–Vamos a la cocina. Me muero de hambre.

Una media hora más tarde, Jarek y la cocinera, Georgia, estaban sentados en la impresionante mesa de la cocina enfrente de Leigh. Estaban observando cómo ella devoraba un tremendo desayuno.

Cerró los ojos, como para disfrutar del último bocado, y le dio un sorbo a la taza de café. Parecía que la vida volvía a ser perfecta. Después de aquello, estaba dispuesta a convencer al director y presentárselo a Morris en bandeja.

–Gracias. Todo estaba delicioso. ¿Qué le debo?

La sonrisa de Leigh dejó a Jarek boquiabierto.

–Nada –respondió Georgia–; me encanta la

gente con tan buen apetito. Además, eres la primera mujer que Jarek trae aquí desde que murió su esposa. No creo que haya salido con ninguna otra mujer...

–Nosotros no estamos saliendo –la interrumpió Leigh–. Por eso quiero pagarle.

Jarek se sacó los dos billetes que Leigh le había metido en el bolsillo y los puso sobre la mesa.

–Cómprale algo a Eldon, Georgia. ¿Cómo sigue su pierna?

–No le gusta hacer ejercicios de rehabilitación. Le duele y sabe que su pierna no volverá a funcionar como antes de que se quedara atrapada en aquel amarre.

Leigh rebuscó en su monedero y le puso un billete de veinte dólares sobre los otros dos.

–Lo siento Georgia. Yo sé lo difícil que resulta arreglárselas a veces. Un pequeño regalo para tu esposo puede hacer maravillas con su estado de ánimo.

–Eres una mujer muy bondadosa.

Entonces Leigh se acordó de las primas que necesitaba para mantener a su familia.

–¿Crees que el señor Stepanov tendrá un minuto? Intenté hablar con él ayer, pero no lo logré.

Georgia dudó un momento y miró a Jarek, recelosa.

–Es un hombre muy ocupado –dijo, y se puso de pie–. Vuelve cuando quieras.

Jarek se echó hacia atrás para observar Leigh.

–Yo sé dónde suele cenar. Si no consigues hablar con él hoy, puedo llevarte.

Leigh odiaba tener que depender de aquel hombre. Era demasiado arrogante, demasiado vanidoso. No le gustaba nada que le hubiera dado a Georgia la propina que ella le había ofrecido a él. Había actuado de manera muy caballerosa con el dinero y, según su experiencia, los que actuaban así eran de los que no pagaban las facturas.

Su mirada insistente logró ponerla nerviosa y el aire entre ellos se cargó de electricidad. Por la manera de mirarla y tocarla, Leigh dedujo que era un donjuán buscando nuevas conquistas para el verano. Y ella no tenía tiempo para juegos, ni para tipos altos y de aspecto duro como él.

—Vivo cerca de aquí —añadió él—. Si no logras hablar con él, puedes venir a verme y yo te llevaré al lugar donde suele cenar.

Como era una mujer con experiencia en comidas de negocios informales, Leigh le preguntó:

—¿Es posible que puedas presentarnos y después marcharte? ¿Tan bien lo conoces?

Leigh no comprendía la sonrisa de Jarek.

—Lo conozco muy bien. Crecimos juntos.

Leigh se pasó el día recorriendo los pasillos y las instalaciones del hotel sin conseguir dar con Mijail. Él sabía que ella andaba detrás y, sin embargo, no la había echado. Quizá fuera verdad que estaba muy ocupado y que no tenía tiempo para imprevistos.

Eso le dio esperanzas. Una cena informal podía ser el momento ideal para hablarle de la tienda Bella.

Leigh se encaminó hacia la casa de Jarek. El océano brillaba bajo la niebla y la olas rompían cerca del porche. La casa pequeña y deslucida por el viento no la sorprendió. Indicaba que a Jarek le interesaban otro tipo de cosas; probablemente, ni siquiera pasaba mucho tiempo allí, decidió Leigh mientras llamaba al timbre.

No le gustaba nada tener que recurrir a aquel hombre para que la ayudara. Era arrogante y le provocaba una serie de sensaciones que, en aquel momento, no tenía tiempo de analizar. Con aquellas miradas seguro que había conquistado a muchas otras mujeres, pero ella no iba a caer en la red.

De repente, él abrió la puerta. Llevaba unos vaqueros y una chaqueta, y el pelo suelto y ondulado. Parecía un marinero de pie en la proa de su barco.

—¿No diste con él?

—Me ha estado eludiendo todo el día. ¡Pero no estás vestido para cenar!

—Es informal. Así que, ¿estás tan decidida que te has rebajado a pedirle ayuda a un hombre de mantenimiento?

Ella negó con la cabeza.

—Mira, estoy demasiado cansada para juegos. Tengo una ampolla en el pie, estoy helada hasta los huesos y mi coche de alquiler se ha averiado. Si me resfrío, no podré hablarle a Stepanov entre estornudos. Además, no soy muy agradable cuando me resfrío; de hecho, me han dicho que gruño. Si este negocio me sale bien, te compensaré. Si no sale, pero tú te comportas bien, sigue habiendo algo para ti.

Su risa fluida resonó entre la bruma.

–Vámonos entonces.

–De acuerdo –dijo ella, sin importarle cómo sonara su voz.

Leigh se quedó sin aliento cuando Jarek la tomó en brazos como si fuera una pluma. Ella intentó liberarse, pero no lo consiguió.

–Solo intento salvar tus zapatos: la arena húmeda puede hacer que se deshagan –explicó él con toda lógica–. Además, me has dicho que tienes una ampolla. ¿Te la has curado?

–Llevo corriendo detrás de Stepanov todo el día. ¿Crees que he tenido tiempo para nada? Se mueve muy rápido y el hotel es inmenso. Pero puedo andar, puedo quitarme los zapatos.

–No, no puedes –negó él con firmeza–. Se te infectaría la ampolla.

Ella lo miró fijamente y apretó la cartera contra su pecho, como si fuera un escudo contra aquel hombre grande y poderoso.

–Mira, Jarek. Sé cuidar muy bien de mí misma y de todas las personas de mi familia. Ya he tenido bastante por hoy con el coche estropeado, corriendo detrás de Stepanov, con un biquini en lugar de ropa interior, con un imperdible en la cremallera porque esta se me ha roto... lo último que me faltaba es un hombre arrogante, recordándome todo el tiempo lo mucho que lo necesito.

Él continuó andando hacia el edificio que había al fondo de la playa.

–Has olvidado dos cosas: que anoche compartimos una cama, lo cual fue muy significativo para mí; no comparto una cama con ninguna mujer en diez años, desde mi mujer.

Ella se tensó ligeramente. No se creía que fuera del tipo de hombre que pasara mucho tiempo sin una mujer.

–Sí, claro –contestó ella, irónica–. ¿Y lo segundo?

–Nunca deberías decirle a un hombre que llevas un biquini debajo de la ropa. Eso es muy incitador. ¿Sueles hacer de modelo para tus posibles clientes? –añadió él con un gruñido.

Ella no entendió el motivo de su enfado.

–Suelo dejarle ese trabajo a las chicas de piernas largas. Yo soy una profesional, ¿sabes? Llevo esa muestra para demostrar la calidad de la tela.

Él relajó los brazos ligeramente.

–¿Te das cuenta de que tienes muchas curvas y que, en biquini, puedes excitar a los hombres?

–¿Quieres decir que, si tuviera una reunión con Stepanov al lado de una piscina, podría convencerlo mejor?

–No, no quiero decir eso –respondió él, mientras subía las escaleras hacia un edificio de madera.

–¿Cuál es su tema favorito?

–La comida.

Ella estudió su expresión.

–¿Por qué estás enfadado? No tienes que llevarme en brazos todo el tiempo. Y no lo olvides, te recompensaré si te marchas después de presentarnos.

Delante de las inmensa puertas de madera Leigh añadió:

—Déjame en el suelo. No puedes entrar conmigo en brazos en el restaurante...

En aquel instante las puertas se abrieron y Jarek la introdujo en una casa preciosa. La dejó en un sillón mientras ella recobraba el aliento, observando los muebles, a la mujer de aspecto elegante, al hombre parecido a Jarek que la rodeaba con un brazo...

Jarek se arrodilló ante ella para ver la ampolla.

—Estos son mis padres, Fadey y Mary Jo Stepanov. Esta es la mujer de la que os he hablado. Necesita agua oxigenada y una venda.

—Claro cariño —dijo la mujer con un suave acento sureño.

¡Tenía los ojos tan verdes como Jarek!

Cuando la mujer volvió con lo que le había pedido, él comenzó a curarle la herida.

Leigh no sentía nada de lo sorprendida que se encontraba por el hombre que estaba junto al matrimonio. ¡Sus ojos eran igual de verdes!

Tenía un aspecto muy relajado sin su traje de chaqueta, con las mangas de la camisa enrolladas y un vaso de vino en la mano. A pesar de eso, su aspecto seguía siendo el de un hombre de negocios, nada parecido al aspecto de pirata de Jarek.

—Tú debes ser Mijail Stepanov —dijo sin poder disimular su sorpresa. La mujer llevaba una ropa cómoda de estar en casa y el hombre estaba en pantuflas—. Señores Stepanov, esta debe ser su casa...

–Sí, claro –respondió el hombre, que tenía la misma altura que los dos hermanos.

Leigh se fijó en las llamas de la chimenea. Parecía un hogar muy cómodo, con unos muebles preciosos, y suelos de parqué brillante con mullidas alfombras.

–¿Parece que has conocido a mi hermano Jarek?

El acento de Mijail tenía el mismo deje suave que el de su hermano.

Leigh miró fijamente al hombre que tenía de rodillas delante de ella.

Jarek era el hermano de Mijail, no un trabajador más. En aquel momento podría haberlo estrangulado. ¡Hasta le había dado una propina!

–Tú. Eres su hermano.

–Sí, a veces –respondió él con una de aquellas devastadoras sonrisas–. Me deja un salón en el Amoteh para exponer nuestros muebles. Trabajo con mi padre. Mijail eligió un camino diferente, pero a veces echa una mano.

Parecía estar pasándoselo muy bien, listo para los fuegos artificiales. Pero ella no estaba preparada para la explosión, todavía no. No podía permitirse una confrontación delante de Mijail.

–Bienvenida a nuestra casa –dijo Fadey con una sonrisa amplia. El acento del hombre era claramente extranjero–. Eres una chica preciosa. No tan delgada como la mayoría de las chicas de hoy. Y tienes unos rizos preciosos.

Fadey la recorrió con sus ojos grises. Después añadió:

–Y pareces una chica fuerte. Eso es muy bueno para... –con un gruñido, debido a un codazo de su mujer, se interrumpió–. Déjame los zapatos –dijo con un sonrisa burlona–, les echaré un vistazo después. Una mujer necesita unos buenos zapatos. Pero entonces, mi hijo no habría podido llevarte en brazos, ¿verdad?

Esa vez, la voz de Mary Jo sonó claramente severa.

–¡Fadey!

Leigh miró a Jarek. «Su casa». No sabía que deseaba con más fuerza, que se la tragara la tierra o echarse sobre su cuello. En lugar de eso, se obligó a sonreír e intentó recobrar la compostura.

Jarek agarró su maletín y la ayudó a ponerse de pie.

Mijail extendió la mano y Leigh se la estrechó.

–Tengo entendido que quieres hablar conmigo de algún asunto de negocios. Si te parece, lo mejor será que hoy disfrutemos de la cena de mi madre y dejemos los negocios para mañana en la oficina. Podemos quedar después de que hayas descansado. Por favor, acepta una habitación por cortesía de Amoteh hasta que concluyamos el negocio.

Leigh se quedó sorprendida por la facilidad con la que él lo había resuelto todo.

–Muchas gracias. Será un placer –dijo apartando la cabeza del dedo de Jarek, que parecía un niño embelesado con su nuevo juguete.

–Se riza aún más con la humedad y huele a flores.

Ella lo miró, después a Mijail y a sus padres.

–Sí, me temo que no estoy muy presentable.

Mary Jo se acercó para agarrarla del brazo, consciente de la mirada de su hijo.

–No, cariño. Estás muy bien. Son ellos los que tienen que pedir disculpas. Tienen que aprender a comportarse. Ven conmigo a la cocina. Mis hombres pueden ser bastante impresionantes, los tres juntos, dos de ellos sonriendo como tontos y el otro... bueno, cielo, el otro no sabe qué le está pasándo ni qué hacer al respecto. Tengo entendido que eres una experta en ventas y en *marketing*. Yo también solía viajar al principio, pero ahora Jarek es el que se encarga de eso.

Jarek, ya se encargaría ella de él en cuanto pudiera.

Capítulo Tres

Jarek introdujo la tarjeta magnética en la cerradura de la *suite* Seawind. Una vez dentro, encendió las luces y fue a dejar la bolsa de viaje de Leigh sobre una silla y el ordenador personal en el escritorio.

La habitación era muy lujosa. Tenía flores por todas partes y unas impresionantes vistas del océano.

Leigh se quedó con la boca abierta.

Jarek se acercó a la chimenea para avivar el fuego. Después le señaló hacia el escritorio.

–Creo que ahí encontrarás todo lo que necesitas. Debes haber impresionado a mi hermano; esta *suite* la reserva para sus mejores contactos.

Estaba de pie, de espaldas al fuego, y las llamas brillaban alrededor de su figura alta e impresionante.

–¿Te pongo nerviosa? –le preguntó de repente, estudiándola.

Leigh no estaba dispuesta a admitir que él le produjera ningún tipo de sensación; ni con aquella mirada, ni con el roce de sus manos callosas. Se quitó los zapatos, a los que Fadey les había dado un tratamiento de ceras, y caminó hacia la ventana. Se cruzó de brazos y decidió que había llegado el momento de ajustar las cuentas con el señor Jarek Stepanov.

Estaba claro que quería ligar con ella y eso suponía un riesgo muy grande para sus negocios. Además le disgustaban los riesgos y las sorpresas, y él estaba lleno de ambos. Tenía obligaciones y no le gustaba lo que estaba presintiendo.

Decidió que lo mejor sería dejar las cosas claras desde el principio.

–Vayamos directos al grano: no concedo favores sexuales a cambio de negocios.

Jarek la miró perplejo.

–Me estás insultando –dijo él con calma.

Ella le sostuvo la mirada.

–No hay necesidad de jugar a ningún juego. No estoy por la labor. Ya tengo suficiente con... con un donjuán persiguiendo una nueva conquista.

Leigh estaba cansada. La casa de los Stepanov la había sorprendido por sus risas y calidez... y por su seguridad. También estaba enfadada con Jarek.

–No me ha parecido nada gracioso que te hicieras pasar por un trabajador para luego llevarme a tu casa, la casa de Mijail. Espero que te divirtieras mucho a mi costa. Pero a mí no me divirtió la sorpresa. No me gustan, ya tengo bastantes en mi vida privada.

–A mi familia les has encantado. Quizá preferirías seguir persiguiendo a mi hermano por todo el complejo, intentando obtener una cita con él. Mijail puede ser una persona muy difícil. Ahora a mí me han dado lecciones sobre lo agradable que eres y cómo debo tratarte. ¿Crees que a mí me gusta eso? No soy ningún niño, tengo treinta y seis años.

Estaba claro que ella había tocado alguna fibra sensible, pero no pensaba dar marcha atrás.

–Sé que no solo querías ayudarme a conocer a Mijail. Y ahora creo que él me evitó durante todo el día para disfrutar contigo de tu pequeña sorpresa. Estabas confabulado con él.

–Solemos trabajar cada uno por nuestro lado. Mi hermano no quería verte y ahora sí quiere.

–¿Para hacerte un favor a ti?

–Eso no es peor que el que tu me pidieras que me marchara después de presentártelo en el restaurante –respondió él a la defensiva–. Ahora tengo que marcharme. Te deseo suerte con mi hermano. Georgia te dará el desayuno por la mañana, por favor no la decepciones.

Ella no quería parecer desagradecida. Después de todo, ya había conocido a Mijail y pronto se marcharía de allí. Alzó la mano y la apoyó sobre su brazo.

–Gracias por presentarme a tu hermano. Aunque no me ha gustado el método, gracias de todos modos.

Jarek miró fijamente su mano.

–No puedo moverme –dijo con la voz entrecortada, moviendo los ojos para clavarlos en los de ella.

El impacto la dejó sin aliento. Entonces Jarek suspiró lentamente y bajó sus labios sobre los de ella. Con los ojos bien abiertos, Leigh lo vio acercarse, sin poder hacer nada.

La caricia de su boca fue más que un simple beso, fue una degustación.

Cuando Jarek se retiró, ella se quedó quieta, enmudecida por el impacto que le había causado. Él dejó escapar un gruñido y, en un segundo, desapareció por la puerta.

Leigh no se movió durante un buen rato, intentando comprender el significado de aquella sensación tan profunda y perturbadora que había sentido.

Incluso mucho más tarde, cuando estaba acostada en la cama lujosa, con el sonido del océano meciéndola, no podía alejar aquella intranquilidad que nunca antes había sentido por culpa de un hombre. Siempre le había resultado muy fácil dormir, en cualquier lugar, en un segundo; sin embargo, en ese momento...

Dio media vuelta en la cama, recordando a Jarek cuando estaba tumbado junto a ella... aquella mirada sensual que le acariciaba todo el cuerpo, la manera en que le había acariciado la mejilla y el pelo...

Sacudió la cabeza, tenía que centrarse. Su familia dependía de ella.

Finalmente se quedó dormida con el sabor de sus labios.

Al día siguiente, durante la puesta de sol, Jarek estaba junto a la orilla observando cómo la marea retrocedía, dejando tras de sí una hilera de algas y madera. El viento soplaba fuerte y enarbolaba su camisa abierta dejándole el torso desnudo y expuesto a la llovizna.

Debería haber estado cansado. Después del viaje, había tenido que hacer horas extras en el taller para recuperar el tiempo perdido.

La empresa cada vez era más grande, la calidad de los muebles que producían era excelente y cada vez tenían mejor reputación. El catálogo que había elaborado su madre y el trabajo de *marketing* habían colocado las piezas Stepanov en las mejores tiendas.

Jarek sonrió al pensar en su madre. Siempre había preferido su oficina diminuta en casa a trabajar con la música estrepitosa con la que trabajaba su padre.

Mijail había ayudado mucho con el hotel. Aunque no todas las habitaciones estaban decoradas con los muebles de su familia, su propósito era que en el futuro cada habitación fuera una sala de exposiciones.

Mientras estaba en el taller, entre el ruido de la sierra y el de la música rusa apasionada, su padre le había dicho:

—Te gusta esa chica, ¿eh? Es bueno que la hayas traído para que nos conociera. Tráela de nuevo. Quizá la próxima vez te deje sentarte junto a ella y no te mire con tanta furia. ¿Sabes, hijo? A algunas mujeres no les gusta que los hombres las lleven por ahí en brazos. Las jóvenes de hoy en día son un poco raras, pero, aun así, me gusta. Mijail dice que tiene grandes planes para ella. ¿Qué quiere decir? Quizá la quiera para él. ¡Eh! ¿Adónde vas? Quiero seguir hablando de esa joven...

–Yo no –lo había interrumpido él secamente. No quería pensar en su hermano y Leigh juntos. Los dos centrados en los negocios se entenderían de inmediato. Eran compatibles y él no–. Ha venido a hacer negocios, eso es todo.

Fadey había observado a su hijo con detenimiento.

–No creo que eso sea todo. Quizá ha llegado el momento de que vuelvas a vivir, ¿eh? Que vuelvas a sentir la pasión de un hombre por una mujer. A veces sucede a primera vista, como a mí con tu madre.

Entonces Fadey abrazó a su hijo.

–Tienes mucho amor dentro de ti, hijo. Tienes bastante para otra mujer. Te lo vas a pensar, ¿verdad?

En la playa, Jarek respiró profundamente, intentando descubrir lo que estaba sucediendo en su interior. El deseo por Leigh luchaba contra el amor que todavía sentía hacia Annabelle. Agarró una concha y la arrojó al mar.

Parecía que la tranquilidad de su vida había desaparecido. Por culpa de una mujer con piel cálida y ojos color miel. Una mujer con el pelo cobrizo y los labios suaves y dulces... una mujer con un aroma que encendía su deseo. Una mujer con carácter, que luchaba por la seguridad de su familia. Pero parecía que solo pensaba en ellos, en cómo se las iba a arreglar para cuidarlos.

¿Cómo podría explicar su deseo por llevarla a casa de sus padres? Ni él mismo lo entendía.

En la distancia, la Roca del Ahogado surgía

entre la bruma, negra y tenebrosa, como recuedo del amor que había perdido. Entonces vio una pequeña figura en la distancia, luchando contra el viento y la lluvia.

Al reconocerla se dirigió hacia ella.

Leigh no le dijo nada mientras caminaba a su lado, intentando protegerla del viento. Parecía una niña dentro de un chubasquero de plástico enorme.

–¿Problemas? –preguntó él con suavidad y deseó que no le importara. También deseó no haberse percatado de que el plástico se aplastaba contra su preciosa figura.

–Muchos –respondió ella–. Tu hermano, el primero. Es muy duro.

Jarek asintió. Sabía perfectamente lo difícil que podía ser Mijail.

–¿Qué tal la reunión?

Como si estuviera demasiado cansada de pelearse con el mundo, Leigh se dejó caer sobre un tronco. Él se sentó a su lado.

–Bien, al principio. Ha accedido a que abra una tienda Bella, pero quiere que la dirija yo. Cuando le dije que Morris esperaba mi regreso al trabajo, me hizo unas cuantas preguntas sobre él.

–¿Qué tal la ampolla?

–Muy bien. No entiendo el interés de Mijail por Morris. Quería saber su edad, si estaba o no casado...

Jarek comprendió inmediatamente. Mijail se había dado cuenta de algo que él había pasado por alto: había otro hombre.

–¿Qué edad tiene?

–No lo sé. Indefinida. Es un hombre muy agradable. Me ha enseñado mucho. Trabajamos muy bien juntos y, además, es muy protector conmigo. Pero eso no tiene nada que ver para que yo dirija la nueva tienda. He trabajado muy duro para llegar donde estoy y eso sería bajar de categoría profesional.

A Leigh le gustaba Morris. A Jarek no le cabía ninguna duda.

–¿Está Morris casado?

Ella se encogió de hombros.

–Eso no importa. Pero no, nunca se ha casado.

Jarek entendía lo que Mijail pretendía. Se había dado cuenta de la profundidad de la relación entre Leigh y su jefe, y había ideado un plan para mantenerlos separados.

–¿Algún otro problema?

Leigh suspiró.

–Mis padres. Morris me deja libre cada vez que se meten en líos, lo cual es bastante frecuente. No muchos jefes entenderían mis problemas. Tu hermano, por ejemplo. Quiere que sea yo la que esté en la tienda cada día. El problema es que, si yo no acepto sus condiciones, se estropeará todo el negocio. Y con él, la prima generosa que Morris me ha prometido –negó con la cabeza y jugó con los pies en la arena–. No sé por qué te estoy contando todo esto.

Jarek deseaba ayudarla, verla reír.

–Quizá yo podría intervenir ante Mijail para...

Ella se giró hacia él con el ceño fruncido.

–Ni se te ocurra intervenir en este proyecto.

Yo llevo las riendas de mis negocios –dijo ella con firmeza.

–Ya lo sé –respondió él.

A Leigh pareció satisfacerle aquella respuesta. Se volvió para observar el océano y Jarek se encontró cautivado por la línea de su cuello, el aleteo de las pestañas, el movimiento del pelo...

Leigh parecía no ser consciente de la tensión que él sentía.

–Si mis padres decidieran ponerse en marcha, cualquier cosa podría sucederles. Ellos me quieren y yo los quiero a ellos, pero Ed necesita cuidados médicos. Bliss se está haciendo mayor y aún cree que tiñendo camisetas con diseños se puede ganar la vida. Se olvida de tomar su calcio y, a veces, tiene bajones por la menopausia. De vez en cuando hay que reparar la caravana, y eso significa más facturas que no pueden pagar. Pero lo más probable es que sigan conduciéndola hacia el desierto o las montañas. «Donde el viento los lleve». Y mi hermano... bueno, Ryan nunca crecerá. Y yo no puedo quedarme en Amoteh y cuidar de ellos al mismo tiempo. Tengo que volver a mi habitación para intentar convencerlos de que se queden en un lugar hasta que resuelva todo este asunto.

Leigh se levantó y hundió las manos en los bolsillos de plástico.

–No sé por qué te cuento todo esto. La cena de anoche fue muy agradable... a pesar de que no cenamos en un restaurante. Gracias de todas formas. Debe haber sido maravillo crecer en un solo lugar, como tú y Mijail.

–La verdad es que sí.

Jarek se puso de pie y le puso la capucha que el viento le había quitado, acariciándole el pelo con el gesto. ¿Por qué lo cautivaba aquella mujer? ¿Por qué sentía la necesidad de tenerla más cerca y acariciarla?

Ella elevó sus ojos color miel, enmarcados en aquellas exuberantes pestañas, para mirarlo a la cara. Intentaba ver más allá de la piel, saber qué era lo que aquel hombre tenía en mente. Durante un instante, todo lo que Jarek amaba, el viento y el océano, se reflejaron en su rostro.

Él se preguntó qué se sentiría al tenerla en brazos, al acariciar su piel sedosa y hacerle el amor.

Leigh se puso en tensión, sintiendo ella también un impulso muy sensual. Dio unos pasos hacia atrás, abrazándose a su impermeable.

–Debo marcharme. Tengo trabajo –dijo con voz insegura, mientras se volvía para alejarse a paso ligero por la playa.

¿Qué era lo que lo había asustado? ¿Habría sido su imaginación o realmente, por un instante, se habría sentido atraída hacia él?

Jarek se frotó la barbilla con la mano. Quizá solo había visto algo que deseaba ver.

La siguió a cierta distancia, hasta que ella entró en su habitación. Cuando Jarek se volvió, se encontró con la sonrisa de su hermano.

Mijail siempre parecía saberlo todo.

–Estás realmente interesado en ella, ¿verdad?

–¿Y tú? –le preguntó Jarek mientras echaba a andar por el pasillo.

–Claro –respondió su hermano–. Está cansada y sola. Y mi hermanito está tan interesado en ella, que la sigue en medio de una tormenta para asegurarse de que llega sana y salva a su destino. Además, está en mi hotel y yo tengo que encargarme de que se encuentre bien.

Mijail era una persona metódica y, a veces, bastante intuitiva. Pero la ayuda de un hermano mayor no siempre era bienvenida; sobre todo, cuando uno no tenía muy claro sus sentimientos. Él había amado a una mujer y la había perdido; siempre había pensado que nunca volvería a desear a nadie. Pero eso había cambiado.

–He venido para comprobar que no había dejado ninguna ventana abierta en la sala de exposiciones.

–Sí, claro. Y yo me lo tengo que creer. Mientras se te ocurre otra excusa mejor, piensa un poco en el hombre que tiene tras ella; hoy le ha mandado flores. Eso significa que ella lo ha llamado para decirle que está aquí. Lleva todo el día enviando faxes y haciendo llamadas. Debe estar buscando a alguien para la tienda. Ya le he dicho que solo la aceptaré a ella; pero ella es bastante insistente. Creo que tiene miedo de algo.

–Es su familia. Los quiere muchísimo y dependen de ella... ¿Ha comido algo? –preguntó Jarek, cambiando de tema. Leigh estaba tan centrada en sus asuntos que quizá se había olvidado.

Mijail se encogió de hombros y estudió a su hermano.

–¿Por qué no se lo preguntas? Esa mujer te da miedo, ¿verdad? Te da miedo que te guste tanto, que te devuelva a la vida. Por cierto, la entrada que hiciste ayer con ella en brazos fue espectacular. La llevabas como si ya fuera tuya; lo cual es bastante curioso porque no creo que ella sea consciente de sus propias necesidades. Parece que su único objetivo es tener éxito en los negocios y la vida es mucho más que eso.

Mijail rara vez hablaba de necesidades y Jarek se preguntó si su hermano se arrepentiría de cómo había dirigido su vida. Estaba solo cuando siempre había deseado una familia.

Entonces Mijail dijo:

–A propósito, esta es la dirección de sus padres. Parece que los ha llamado y la llamada de ellos, por un error, no se le pasó directamente a ella.

Jarek miró la dirección del papel que Mijail le había entregado. Sabía que sus empleados nunca cometían errores. Simplemente, Mijail había querido esa información.

Jarek se volvió y la risa de su hermano resonó a su espalda.

Salió del hotel y la fuerza de una borrasca de primavera lo golpeó en la cara. Pero la impresión de la lluvia en la cara no suavizó su necesidad de verla de nuevo, de abrazarla.

El dolor de su interior lo advirtió de que ya había amado una vez. Aunque su cuerpo deseara a Leigh, protegería bien su corazón.

Leigh tuvo que pasar sus citas con los posibles clientes y los proveedores a otro vendedor. Tarea que no le resultó nada grata, porque el vendedor en cuestión era un chico con mucho futuro en la empresa.

Llevaba ya diez días pasándole citas, intentando convencer a Mijail de que permitiera que otra persona dirigiera la tienda. Frustrante.

Morris, como siempre, no estaba preocupado, confiaba plenamente en ella, en su capacidad para solucionar los problemas de la mejor manera posible.

No había vuelto a ver a Jarek desde el día que se lo encontró en la playa, pero el recuerdo de su beso y de aquellos ojos verdes la había atormentado por las noches.

Quizá había descubierto que ella no estaba interesada en una aventura de verano y había decidido que no merecía la pena malgastar su tiempo en intentar conquistarla.

Miró el fax que estaba llegando con el ceño fruncido. La cifras de ventas no habían sido muy buenas. Como tampoco lo eran las facturas de sus padres, que no dejaban de llegar.

Se quedó observando el océano durante un rato, una capa de niebla estaba empezando a cubrir sus frías aguas.

Mijail era un hombre de negocios muy listo. Todos sus tratos los hacía con mucha amabilidad, pero sin ceder ni un ápice. Leigh tenía la sensación de que estaba disfrutando con la lucha de poder entre ellos. Todos sus esfuerzos por convencerlo de que contratara a otra persona estaban resultando infructuosos. Incluso había llevado cajas con ropa de Bella con la esperanza de que, si veía los diseños y los tejidos, lo convencería...

Un haz de color cruzó por delante de su ventana y llamó su atención. Una caravana decorada con flores de colores y banderas paró en el aparcamiento. Una decoración demasiado original para no reconocerla.

Cuando vio salir a Jarek por la puerta del conductor, apretó los puños con fuerza.

«¡Los ha traído aquí! Yo lo mato».

Salió corriendo hacia el ascensor; si los pillaba a tiempo, quizá podría conseguir que se mantuvieran alejados de el Amoteh. No podía arriesgarse a que arruinaran su proyecto.

—Querida Precious —exclamó su padre mientras la estrechaba en sus brazos.

—Mi dulce niña —exclamó su madre, uniéndose al dúo.

Ella los abrazó con cariño.

—Os quiero mucho —les dijo en un susurro—. ¿Qué tal estáis?

—Deben de estar muy cansados —dijo Jarek—. Vamos dentro, Precious —añadió conteniendo la risa.

Ella se giró hacia él.

—¿Dentro? ¿Estás hablando de Amoteh?

—Tienen una reserva —respondió, mirándola fijamente a los ojos.

Solo de pensar en las facturas del hotel, Leigh se puso lívida.

—Quizá haya otro lugar donde puedan estar más cómodos. Haré unas cuantas llamadas... A mis padres les gustan los *campings*...

Jarek agarró una maleta de aspecto desvencijado, mientras Leigh permanecía inmóvil bajo la lluvia.

Jarek se dirigió hacia ella y le dio un beso.

—Aquí estarán bien. Ya lo verás.

A Leigh le apetecía estrangularlo, pero ya se encargaría de él más tarde. Ahora lo principal era que sus padres estuvieran bien.

Cuando Jarek abrió la puerta, Leigh entró sin esperar a que la invitara.

El viento agitó la toalla que Jarek llevaba alrededor de la cintura y Leigh se fijó en una gota de agua que le resbalaba por el torso.

El cuerpo de él se puso tenso al ver la expresión de su cara y, de mal humor, se limpió la gota posada en su pezón duro. No le gustaba responder con tanta facilidad a aquellos ojos de miel.

—¿Se puede saber qué has hecho? —preguntó ella, quitándose la capucha—. Has traído a mis padres hasta aquí y ahora están en el Amoteh.

—Espero que estén a gusto.

Jarek se frotó el pecho y sintió que el dolor que Leigh le producía no era tristeza, sino alegría. Aun así, seguía siendo un tormento.

Leigh se quitó el chubasquero. Debajo llevaba una malla negra de deporte que le marcaba todas las curvas.

—No tienes ni idea de lo que has hecho. Tú te has criado en un ambiente familiar normal y no te puedes imaginar las cosas que se les pueden ocurrir a mis padres. Con todo el trabajo que me está llevando convencer a Mijail de que yo tengo razón... y que ahora desee que todos desaparezcamos de aquí.

Con un suspiro, Leigh se dejó caer en un sillón.

–El caso es que él insiste en que sea yo la que lleve la tienda y no deja de preguntarme por Morris. No lo entiendo. Lo último que quería saber era si él estaba casado.

–¿Y qué le respondiste?

–Que no estoy segura, pero creo que tiene intenciones de hacerlo pronto.

Jarek pensó que quizá era en ella en quien estaba pensando como futura esposa.

–¿Quieres mucho a tus padres?

–Por supuesto. Pero no te puedes imaginar lo difíciles que son. Y lo complicado que resulta pagar sus facturas.

–Estás haciéndolo lo mejor que puedes.

Leigh volvió a levantarse y se paseó por la habitación. Sus ojos repararon en un fotografía de Annabelle y Jarek sonriendo ante la cámara.

–¿Tu esposa?

–Sí –respondió él, y la imagen del cuerpo de su esposa flotando sobre las algas volvió a su mente.

La voz de Leigh se suavizó.

–Lo siento muchísimo. Me han dicho que la amaste mucho. Debe ser muy difícil... Pareces muy cansado; pero, claro, después de volar a San Francisco y volver aquí conduciendo esa tartana.

Así que se había dado cuenta. Una mujer tan atareada y preocupada por sus padres, y se había fijado en él.

–Sí, Precious, ha sido todo un viaje.

Ella se puso en jarras.

–Ahora estás intentando distraerme del motivo por el que he venido hasta aquí. ¿Por qué los has traído?

–Ellos te quieren. ¿Es eso tan malo?

A Leigh se le llenaron los ojos de lágrimas.

–Son como niños. Y eso a su edad puede ser muy peligroso. A veces me encuentro muy cansada –dijo pasándose la mano por los ojos, para borrar las lágrimas.

–¿Leigh?

–¿Qué?

Él le sonrió con suavidad.

Allí estaba ella, por completo inconsciente de su deseo apremiante de quitarle la ropa y hacerle el amor apasionadamente.

Observó con detenimiento aquellos ojos castaños de largas pestañas y los rizos rojos que enmarcaban su precioso rostro. La vio como la mujer a la que deseaba, con un cuerpo ardiente que lo atraía sin remedio.

–Precious, necesito que me prestes toda tu atención –murmuró mientras se inclinaba para besarla.

Capítulo Cuatro

Mientras Jarek la besaba de manera ardiente y tentadora, Leigh permaneció muy quieta. La primera sensación fue de estar flotando; un segundo después, una oleada de calor y excitación la golpeó.

Con besos suaves, Jarek se deslizó por la comisura del labio hacia la mejilla y, de allí, hasta la oreja. Agarró el lóbulo entre sus labios, produciéndole pequeñas descargas eléctricas.

La delicada caricia de sus manos sobre los brazos la sedujo; Leigh temió que, si no se apartaba, algo tremendo podía suceder.

La seducción incitadora y envolvente continuó, provocando sensaciones mágicas que la enredaron en un halo de misterio y felicidad.

Suyo, pensó.

Era suyo.

Se centró en él por completo, igual que se centraba en un negocio que le importaba, analizando el conjunto grande, cálido, delicioso, excitante, lleno de texturas y aromas, y considerando por dónde empezar. Tenía que probarlo, que saborearlo. Jarek era una tentación demasiado poderosa.

Los labios de él volvieron a aterrizar sobre los

suyos, y se apretó de manera más intima contra ella.

Leigh no sabía si la tormenta estaba teniendo lugar fuera de la casa o dentro. Aunque también podía ser su propio corazón el que tronaba.

Se agarró con fuerza a los brazos de él. Ya no pensaba dejarlo marchar, no cuando acababa de descubrir que podía volar. Su propio apetito la sorprendió y el cuerpo le dolía por el deseo que él le provocaba. Nunca había pensado que sería capaz de abrazarlo y apretarse contra él de aquella manera.

Abrió la boca para saborearlo mejor y dejar que él la acariciara con más libertad.

Jarek le deslizó la mano bajo la camiseta y le acarició la piel. Después llevó la mano cálida y áspera cerca del sujetador. No pudo evitar gemir y la temperatura entre ellos subió unos grados. Con la mano abierta tomó un pecho y presionó ligeramente, colocando el pezón endurecido en el mismo centro de la palma.

Ella soltó el aliento y se dio cuenta de que lo había estado conteniendo.

El movimiento erótico le envió unas sorprendentes oleadas por todo el cuerpo. Nunca la habían acariciado de aquella manera tan íntima y, sin poderlo evitar, dejó escapar un gemido.

Deseaba tocarlo, sentir su mandíbula dura entre las manos, deslizar los dedos por su pelo.

Él se echó ligeramente hacia atrás y ella lo miró a los ojos, sorprendida por sus propias emociones.

Las temía.

—No funcionará, Jarek —suspiró ella. Tenía los labios hinchados y le sabían a él.

—¿Eso crees? —preguntó él, inclinándose para besarla una vez más, fascinándola con su dulzura.

—Somos demasiado diferentes —consiguió decir ella, luchando por volver a la realidad, mientras él le acariciaba los pechos y el estómago. Se agarró a sus hombros, perdida entre una tempestad de emociones—. Esto no está bien. Tú estás lleno de sorpresas y a mí no me gustan. Nunca me han gustado.

Él se rio ante su excusa.

—Pero esto sí te gusta —añadió con voz ronca—. Leigh, eres toda una mujer.

Ella tembló al escuchar el tono de su voz y ver la pasión reflejada en sus ojos, consumiéndolo. Parecía decidido a tomarlo todo y eso la asustaba. Tenía que recobrarse y centrarse, porque no estaba segura de poder dar más de sí misma. Se apartó de él con un empujón y se dio la vuelta, aferrándose con fuerza a la camiseta. No estaba segura de si se la estaba agarrando porque temía lo que su caricia podía hacerle, o para contener el impulso de lanzarse a sus brazos.

—Será mejor que lo dejemos —dijo a media voz, con la respiración entrecortada.

Entonces Jarek la rodeó con los brazos, la levantó y la llevó hasta el sofá.

—Vas a volverme loco y , probablemente, yo disfrutaré de cada minuto —murmuró él, misterioso.

Leigh estudió al hombre que tenía enfrente. Tenía las manos sobre las caderas y la toalla revelaba la forma robusta de su excitación.

–Si sigues mirándome de esa manera, lo voy a tomar como una invitación.

Deseó no haber mirado hacia aquella parte de su cuerpo, donde la toalla no servía de mucho para ocultar su excitación.

Muerta de vergüenza, se puso de pie de un salto y se forzó a mirarlo a los ojos. Los sentimientos locos de su interior la sorprendieron.

Jarek se dirigió hacia la cocina, separada del salón por un mostrador, y se puso unos pantalones que sacó de un cesto.

–Mira, estoy cansado, muy cansado. Y tú estás demasiado tensa. Me pregunto si alguna vez te relajas. Vamos a dejar este asunto para otra ocasión, ¿de acuerdo?

A Leigh no le gustó la situación. Acababa de perder el control en los brazos de un desconocido y los dos lo sabían. Todavía le temblaba el cuerpo por la necesidad que había despertado en ella. No podía permitirse el lujo de interesarse por él, y sus instintos le dijeron que hiciera lo mejor que sabía hacer: pelear.

–¿A qué te refieres con que estoy demasiado tensa? No me gusta cómo ha sonado eso.

Él movió de un lado para otro la cabeza.

–¿Cuándo fue la última vez que te relajaste, Leigh? ¿Cuándo hiciste algo que te gustara, en lugar de seguir un horario o cumplir con tus obligaciones? ¿Cuándo fue la última vez que pensaste en lo que tú querías?

¿Quién era él para hacerle esas preguntas tan personales? Para criticar su manera de vivir. Había trabajado muy duro para llegar donde estaba.

–Tengo un trabajo. Un trabajo muy bueno. Solo que ahora estoy pasando por un momento especialmente difícil porque alguien, tú para ser precisa, ha interferido en mis asuntos. Tú no sabes lo que es...

–Te acompañaré hasta el hotel –dijo él mientras se ponía una cazadora vaquera.

A pesar de sus sentimientos contradictorios, Leigh presintió que Jarek estaba luchando contra algo que ella no podía entender.

–He llegado aquí sola y puedo marcharme sola –dijo abriendo la puerta. Salió al porche y cerró de un portazo.

Leigh corrió bajo la tormenta hacia el hotel. El cuerpo le temblaba por las emociones que él había despertado y sentía una pesadez en el pecho. Movió la cabeza con furia.

–No puedo permitirme una relación –dijo en voz alta–. No en este momento, y menos con él. Es totalmente impredecible y yo no tengo tiempo para juegos. Ya tengo una vida demasiado complicada.

Al día siguiente, Leigh apretó su libro de notas contra el pecho con una mano, mientras que con la otra sujetaba una taza de café. El diseño de fresas de la taza, característico del hotel, le había dado una idea para los trajes de baño de

Bella. La idea le había gustado mucho a Mijail pero no le había servido para convencerlo de que sería mejor que otra persona llevara el proyecto en el Amoteh.

Tenía la sensación de que Mijail estaba tramando algo. No la estaba haciendo sentirse mal, todo lo contrario; sin embargo, insistía, a pesar de toda lógica, en que fuera ella quien llevara la tienda.

Al final había terminado por aceptar. Aunque con la esperanza de que a la larga podría persuadirlo de que contratara a otro encargado.

Iba caminando por un pasillo cuando, de repente, sintió que su corazón se aceleraba y que el motivo no tenía nada que ver con los negocios. De espaldas a la puerta de la piscina cubierta, estaba Jarek cargando tablas de una pila.

Llevaba una camiseta y unos vaqueros gastados, y de la cintura le colgaba un cinturón con las herramientas de carpintero. Estaba espectacular. La luz radiante que entraba por la ventana contorneaba cada línea de su cuerpo y se reflejaba en aquella maravillosa piel bronceada.

En su mente, una vez más, sintió aquellos músculos sobre ella. Volvió a experimentar la sensación tan excitante de aquella mano áspera y fuerte sobre su pecho, la caricia suave...

Cuando Jarek la vio, la recorrió de arriba abajo y de vuelta a la cara sonrojada. Su mirada se oscureció, como si no le hubiera gustado algo de lo que había visto.

Leigh hizo un esfuerzo para no temblar.

Jarek era un hombre muy variable y ella no lo

entendía. Aunque si algo sabía era que la noche anterior la había deseado. Su excitación lo había dejado bien claro.

Ese hecho indiscutible la golpeó de lleno en la cara. Pero además, estaba segura de que no solo quería disfrutar de un momento de pasión con ella, sino que quería algo más. Un hombre como él exigiría una entrega sin reservas.

Sin reservas. ¿No había ella deseado lo mismo? ¿No se había tenido que agarrar a su camiseta para no quitársela y lanzarse a sus brazos? ¿No había sido eso lo que su cuerpo le había pedido a gritos?

Una oleada de verdadero deseo la recorrió y, sin darse cuenta, derramó un poco de café. Aunque estaban a unos metros, sintió que él se tensaba.

—Me imagino que tú eres el trabajador con el que Mijail me ha dicho que tengo que trabajar hoy.

Él asintió.

—Espero que no te moleste.

«¿Molestarme?» Leigh intentó centrarse en el boceto que tenía en la libreta sobre la distribución de la tienda, pero le costaba apartar la mirada de aquellos ojos verdes.

Jarek le quitó la libreta y miró el diseño.

En ese momento aparecieron por allí sus padres. Ella se sintió culpable. Debería sentirse feliz por tenerlos a su lado, pero la experiencia le decía que ellos podían arruinarle un negocio sin proponérselo.

Por supuesto, nunca lo harían de manera intencionada; eran una pareja de aspecto dulce, con una mirada de «siempre estaremos juntos» que cautivaba a Leigh.

Bliss llevaba una falda amplia y una camisola que parecían ir a juego con la camisa y los pantalones desteñidos de Ed. Y las sandalias de cuero con calcetines de los dos eran idénticas. Sus padres eran adorables y su corazón se ablandaba cada vez que los veía. Dejó la taza de café a un lado porque sabía que siempre que la veían iban a darle un abrazo. A los dos les encantaban los abrazos en grupo.

—Precious, hemos estado buscándote —dijo Bliss acercándose a ella. Después miró a Jarek—. Ven tú también a abrazarnos.

La expresión de Jarek no cambió, pero Leigh notó que su boca mostraba una ligera curvatura que indicaba que se estaba divirtiendo. Se acercó a ella y, durante un instante, su mano la sujetó por la cintura. Su manera de mirarla le decía que él también se acordaba de la noche anterior y que el deseo todavía ardía en su interior, insatisfecho.

Leigh se apretó un poco, y enseguida se soltó. No estaba segura de sí misma ni de Jarek.

—Ed y yo nos vamos a instalar en una casa que Jarek nos ha conseguido —exclamó Bliss, radiante de felicidad—. Voy a tener una cabra. Siempre he querido una cabra. Ahora solo es una cabritilla, pero pronto dará leche y...

Leigh se quedó de piedra. Sus padres nunca habían vivido en una casa.

—¿Jarek os ha encontrado una casa? —preguntó mientras se giraba hacia el hombre–. Eres una caja de sorpresas.

–Todo el mundo debería recibir una sorpresa de vez en cuando, ¿no crees? –preguntó con ironía y ella supo que se refería a la noche anterior–. Es la primera casa que tuvieron mis padres. Es pequeña y está en muy buen estado –añadió–. Ed y Bliss pueden quedarse todo el tiempo que deseen.

Leigh hizo un rápido cálculo mental de sus mermados ahorros.

–Las casas de verano son muy caras. No sé si nos podemos permitir...

Bliss la volvió a abrazar.

–Oh, Precious. Todo va a salir bien. Yo voy a vender mis camisetas y Ed va a hacer collares de cuentas para vendérselos a los turistas. Todo va a salir bien. Montaremos un tenderete en el muelle y lo llamaremos «Déjate llevar». Estaremos bien. No te preocupes. Deberías ponerte el colgante que Ed te hizo para las preocupaciones, eso te relajaría. No has escuchado ni una palabra de lo que te dijo esta mañana. Parece que estás en otro mundo.

–Tengo demasiadas cosas en la cabeza.

Leigh no podía permitir que sus padres vivieran en la casa de los Stepanov. Estaba segura de que el contacto cercano arruinaría la progresión adecuada de los negocios.

Leigh intentó otra alternativa:

–Nunca habéis vivido en una casa, Bliss. Hay muchas cosas que hacer.

–¿Qué diferencia puede haber con un hotel o la caravana? Ahora vamos para allá.

–Te quiero, Precious –se despidió Ed–. Paz.

–Paz –respondió ella, llena de amor.

Cuando se marcharon, Leigh se encontró a Jarek preparando la sierra eléctrica. Una vez más había interferido en su vida; ella estaba perdiendo el control... de su vida, de su trabajo y de...

Se dirigió hacia él.

Él dejó lo que estaba haciendo, se quitó las gafas protectoras y le dedicó una mirada fría y distante.

–Quiero hablar contigo –dijo ella.

–Habla –le dijo él con los brazos cruzados sobre el pecho. Tenía la mandíbula tensa, y la boca ardiente que la había besado era un trazo duro. El pirata estaba preparado para el combate.

A Jarek le encantaba ver cómo el rostro de Leigh reflejaba todas sus emociones. El ceño ligeramente fruncido y ese gesto tan sensual de la boca indicaban que estaba pensándose qué iba a decir...

–Todo va a salir bien –la ayudó él.

Todavía le dolía el cuerpo de la noche anterior. No había podido pegar ojo en toda la noche. Durante un momento había pensado que Leigh se iba a entregar a él, que iba a amarlo de una manera tan salvaje como él quería amarla a ella; pero entonces ella se había retirado, recobrando el control.

Así era mejor. ¿Qué habrían conseguido con entregarse el uno al otro tan rápido?, se preguntó taciturno. No estaba tan seguro de poder remplazar a Annabelle por completo.

Pero de una cosa no le cabía la menor duda: la deseaba con todo su ser. Su cuerpo la reclamaba.

Leigh dio unos golpecitos con el bolígrafo en la libreta, pensativa.

—Lo dudo —respondió—. Tengo todos mis problemas centrados en un mismo sitio. Aunque aún falta mi hermano. Pero no creo que tarde en aparecer cuando sepa que mis padres están aquí. Sin embargo, el problema más difícil lo tengo frente a mí.

—¿Y Morris? ¿Qué tal está? —preguntó él, pensando en el ramo de flores que ella había recibido. ¿Habría hablado con él la noche anterior? ¿Aparecería el «querido» Morris para compartir la habitación con ella, con la excusa de los negocios?

A Jarek no le gustaban los celos que sentía. Pero allí estaban. Había tenido a Leigh en sus brazos, la había besado y no quería que ningún otro hombre experimentara con ella lo mismo.

Ella lo miró sorprendida.

—¿Morris? Él siempre está bien. ¿Ha llamado?

Entonces Leigh comenzó a entrecerrar los ojos.

—¿Crees que he llegado donde estoy acostándome con mi jefe? ¿Es eso lo que piensas? La verdad es que no me sorprende viniendo de ti, pero que sepas que solo es mi amigo, nada más.

–¿Qué quieres decir con que no te sorprende viniendo de mí?

Ella le quitó importancia con la mano.

–Porque eres muy elemental, muy básico. Morris es diferente. Anoche pude comprobar tu...

Jarek no estaba excesivamente contento con lo que había sucedido la noche anterior. Todavía no estaba seguro de sus sentimientos. El instinto le decía que cuidara de ella, que compartiera su cama y su vida; pero su mente no estaba completamente libre del pasado.

Por otro lado, era demasiado orgulloso para reconocer la verdad.

–Es lógico que tengas a tus padres cerca –dijo él, volviendo a cambiar de tema.

Leigh agarró su taza de café y le dio un sorbo. Estaba muy confusa y no sabía muy bien cómo manejar todo el asunto.

–¿Qué es eso de una cabra?

–Vimos una manada cuando veníamos en la caravana desde California. Bliss dijo que siempre había deseado tener una cabra y un jardín, pero que nunca se habían quedado el tiempo suficiente en un mismo lugar. Yo compré una cabritilla para ella. Se llama Lovely Lotus.

–Una hembra, eso significa...

–Más cabritillos. Así es como funciona.

Leigh soltó un gemido.

–Cabras, vallas, gente quejándose de que se comen su césped... quizá su ropa. Facturas de comida, de veterinario...

Alzó las manos al cielo y lo miró a los ojos.

Jarek se acercó a ella sin poder evitar una sonrisa y le frotó la cabeza cariñosamente.

–Tienes que relajarte, Precious.

El nombre le pegaba, pensó él.

–¿Crees que conseguiré que tu hermano nombre a otra persona? –preguntó ella, desesperada.

–Creo que no. Parece que está decidido, así que lo mejor será que lo disfrutes.

Ella le dio un empujón.

–Me gustaría tirarte a esa piscina, pero eres demasiado grande.

–Pero tú no –dijo él mientras se levantaba.

La tomó en brazos y la arrojó al agua.

Ella salió a la superficie intentando recuperar el aliento. Agarró sus zapatos, que se le habían salido, y se dirigió hacia las escaleras. Mientras surgía del agua, lo abrasó con sus ojos color miel. El pelo le caía en mechones por las mejillas y el cuello. Su ropa empapada se le pegaba al cuerpo mostrando cada curva, y Jarek supo que el sentimiento que su imagen le provocaba solo podía definirse como lujuria.

Pero también había otra emoción más suave que le causaba un dolor agudo en el pecho, como si su corazón se estuviera abriendo a un nuevo futuro sin haber abandonado el pasado.

En aquel preciso instante, Mijail apareció al lado de Jarek.

–¿Tienes problemas, Leigh?

–Puedo arreglármelas, gracias –respondió ella seria, mientras le dedicaba una mirada furiosa a Jarek.

Jarek siguió sus pasos con la mirada y se dio cuenta de que su cuerpo había respondido. Cada sentido le decía que la siguiera, la besara y le hiciera el amor hasta que estuvieran exhaustos; y que después volviera a empezar.

Esa tarde, Jarek ayudó a Bliss y a Ed a hacer la mudanza.

—Precious tiene un corazón hermoso —le dijo Bliss cuando él ya se marchaba—. No se lo vas a romper, ¿verdad?

—Por supuesto que no —respondió Jarek, preguntándose cómo se habría dado cuenta de sus emociones si él aún no las tenía muy claras.

Leigh se limpió el sudor de la cara con una toalla y se bajó de la cinta del gimnasio. Como representante de una firma de ropa deportiva, le gustaba estar en plena forma física.

El gimnasio tenía vistas a la playa y, desde donde estaba, podía ver con claridad a un hombre solitario caminando hacia la Roca del Ahogado. Leigh había oído hablar del sentimiento de culpabilidad del superviviente. ¿Echaría Jarek tanto de menos a su mujer que no podía liberarse del sentimiento de culpabilidad por vivir mientras ella había muerto?

Se dirigió hacia la ventana y negó con la cabeza. Ella no podía permitirse el lujo de enamorarse de una persona como Jarek; él podía desestabilizar el mundo que tan cuidadosamente ella se había construido.

A Ed y a Bliss les caía bien, pero eso era normal; sobre todo, después de haberles conseguido aquella casa.

Ella había intentado pagarle a Fadey una renta, pero él se había mostrado muy ofendido.

–¿Crees que me gusta tanto el dinero que iría detrás del tuyo? Me caes muy bien y puedes venir a nuestra casa cuando quieras. De hecho, incluso podrías quedarte con uno de mis hijos y convertirte en mi nuera. Me encantaría tener nietos; pero por el camino que llevan mis hijos parece que me voy a quedar sin ellos. La mujer de Mikhail no quería tener hijos y la de Jarek nos dejó antes de poder tenerlos. Pobre Annabelle.

La silueta de Jarek cada vez era más pequeña en la ventana. Fuera lo que fuera lo que estaba pasando entre ellos, ella presentía que él aún lloraba la muerte de su esposa. Leigh sabía mucho sobre negocios y sobre supervivencia. Pero de alguna manera, presentía que se estaba perdiendo algo esencial para una mujer. Quizá Annabelle había sabido más de la vida que ella y se había arriesgado a tener un hijo del hombre al que amaba. Leigh no creía que ella pudiera llegar a amar tanto a un hombre.

Era una mujer demasiado ocupada para pensar en sus propias necesidades y Jarek le había ocasionado unos problemas con los que nunca había contado. Como la necesidad de tocarlo, de pasarle las manos por sus músculos, sentir la tersa textura de sus manos sobre ella, aquellos ojos verdes...

–¡Déjame en paz, Jarek! –susurró, aunque se moría por volver a verlo.

Capítulo Cinco

Jarek percibió la luz que se dirigía por el sendero desde el hotel hasta la casa de Bliss y Ed.

Eran las once de la noche y, como lo molestaba el silencio de su casa y el recuerdo ardiente de Leigh, había salido a dar una vuelta. Estaba junto al muelle deportivo, escuchando las olas del mar. Los sonidos tan familiares y los aromas que siempre había conocido lo rodeaban, pero todo había cambiado.

Él había cambiado.

El cuerpo de Leigh fluyendo con el suyo, aquel ronroneo tan femenino y aquella delicada piel bajo sus manos le habían demostrado que estaba muy vivo.

Respiró el aire salado y observó las estrellas que tan bien conocía. Mientras lloraba la pena de Annabelle había salido a navegar por las noches, bajo las estrellas, compadeciéndose de sí mismo por su dolor y su culpa.

Pero la vida había seguido su curso mientras él luchaba contra su conciencia.

En aquel momento vio la embarcación de Lars Anders anclada sin las luces reglamentarias. Ya había cometido más de un delito y había pagado altas sumas por ello. Era un mal tipo al que no le gustaban los Stepanov.

Hacía unos años, la mujer maltratada de Lars con su hijo habían buscado refugio en su casa. El hombre había ido a buscarlos y, cuando intentó llevárselos por la fuerza, se encontró con el puño de Fadey.

La mujer lo había dejado y había comenzado una nueva vida, pero Lars no había olvidado. En cuanto tenía ocasión, surgía bronca con ellos; todavía buscaba venganza.

Entonces vio otro haz de luz cerca de la casa que lo alertó. Lars y su tripulación estaban en el puerto y probablemente ya sabrían que allí había unas víctimas fáciles.

Se dirigió con rapidez hacia la casa. La luz de la linterna lo llevó hacia la caravana. Cuando llegó, el capó estaba levantado y había alguien alumbrando el motor.

La tenue luz de la linterna mostró el rostro de Leigh, y Jarek se quedó quieto admirando su cuerpo esbelto. Parecía que sabía lo que estaba haciendo. Se inclinó para tomar una pequeña caja de herramientas, la puso sobre el guardabarros oxidado y rebuscó algo en el interior.

Jarek no pudo resistirse. Se acercó a la caravana y, cuando ella se enderezó, le ofreció una llave inglesa.

—Gracias —dijo ella de manera distraída mientras se volvía a inclinar sobre el motor.

—De nada —respondió él admirando las redondeces de su trasero.

Ella esperó un rato y, al ver que él seguía allí, le dijo:

—Márchate, estoy ocupada.

—Ya te veo.

—Entiendo bastante de motores. Llevo jugando a los mecánicos toda la vida..

Él se asomó para ver lo que estaba haciendo.

—¿Por qué tienes tanta prisa en repararlo?

—Quiero que se marchen.

—¿Por qué? Parecen muy felices.

Leigh emitió un suspiro.

—Yo tengo experiencia con ellos y sé cómo son. No les hiciste ningún favor al traerlos aquí. Yo podría habérmelas arreglado...

—¿Ah, sí?

El viento jugueteó con los rizos de Leigh y Jarek alzó la mano para acariciarlos. La luz de la luna brillaba en sus ojos.

—La echas de menos, ¿verdad? A tu mujer.

Allí estaba, pensó Jarek, la mujer cariñosa y preocupada por los demás.

—A veces. Unas veces pienso que todo fue un sueño. Otras, creo que la oigo llorar llamándome en medio de la tormenta.

Jarek no quería pensar en la pesadilla que suponía verla flotando sin vida sobre un lecho de algas.

—No deberías culparte. Ya he oído la historia otras veces. Tu mujer tenía experiencia con el bote. Quizá necesitaba estar sola, a las mujeres a veces nos pasa eso.

Jarek volvió a recordar aquel fatídico día...

—Habíamos discutido. Quería ir a la tumba

del jefe hawaiano que murió en Strawberry Hill. Cuando éramos pequeños, íbamos a jugar allí y hablábamos de la maldición. Ella estaba obsesionada. Su bote volvió, pero ella no. Más tarde me llamaron para que identificara su cuerpo.

—Tengo entendido que ese paso no es peligroso.

Jarek pensó en las veces que había utilizado aquel bote. ¿Habría querido suicidarse? Quizá la antigua maldición fuera cierta, porque ella se había ido y él seguía sintiéndose culpable.

Cuando Leigh acabó, le pareció de lo más natural tomarla de la mano para protegerla en el camino de vuelta.

—Te acompañaré.

La tensión que notó en aquella pequeña mano bajo la suya le indicó que ella no estaba muy acostumbrada a aquello.

Al cabo de un rato, los dedos de ella se relajaron y él pudo entrelazarlos con los suyos.

El viento le agitaba los rizos y Jarek se preguntó si la maldición se la llevaría a ella también.

—Estoy preocupada por mis padres, Jarek. No sé si a su edad van a cambiar tanto como para decidir quedarse en un sitio.

La luz de la luna dibujaba su perfil. A Jarek le pareció muy hermosa.

—Dales tiempo.

Ella soltó su mano.

—Tengo que marcharme. Estoy cansada y no es un buen momento para estar contigo.

Él la miró sorprendido.

–¿Por qué no?

–Porque eres juguetón, infantil, coqueto, temperamental. En un momento eres arrogante y al segundo... No tengo tiempo para todo eso. A mí me gustan las cosas que se pueden predecir y tú eres totalmente impredecible. Hoy he escuchado a una de las doncellas que una tal Marcella había intentado llevarte a... la cama... a la cama del salón.

Marcela había intentado seducirlo y eso la había molestado. Con la excusa de que quería ver los muebles, había ido a buscarlo a la sala de exposiciones. Marcela tenía los pechos inflados con silicona y un cuerpo muy cuidado, pero cuando se desnudó delante de él, bloqueándole la salida, él no la había encontrado nada atractiva. Había huido de allí a través de la ventana para respirar aire puro; su perfume era sofocante.

A Jarek no le gustó lo que Leigh pensaba de él. Era una persona a la que le gustaba trabajar duro y no tan alocado como ella pensaba.

–¿Quieres decir a nuestra cama? ¿La que compartimos la primera noche?

–Yo no lo veo así. Tú te lo estás tomando de manera personal y yo solo quería explicarte mis motivos para no estar contigo.

–¿Y lo de anoche?

–Anoche estaba cansada y...

–¿Y por eso te volviste fuego en mis brazos? ¿Es eso lo que ibas a decir? Lo que pasa es que me ves como un donjuán, ¿verdad? ¿Cómo se supone que me tengo que tomar eso, Leigh?

Tengo treinta y seis años y me considero una persona bastante responsable.

–Bliss dice que eres un hombre apasionado, que vives la vida. Por lo que yo veo y por las cosas que oigo de ti, eres un hombre que va por ahí rompiendo los corazones de las mujeres, jugando con ellas. Como ya te he dicho, yo no tengo tiempo para juegos.

A Jarek no le gustó nada su opinión y antes de poder pensárselo, la tomó en sus brazos.

–¿Y para esto tienes tiempo? –preguntó mientras tomaba sus labios de manera apasionada.

Y todo volvió a repetirse. El fuego y la pasión le abrasaron los labios y su cuerpo respondió de manera inmediata a la caricia. Sintió la necesidad de introducir los dedos en su pelo, de agarrarse a sus brazos fuertes y musculosos.

Jarek se separó lentamente y Leigh se apoyó un instante en él para recuperar el equilibrio. Después se llevó la mano a los labios y lo miró a los ojos.

–Eres un hombre con mucha experiencia –dijo en un susurro–. Será mejor que me marche.

Jarek la vio darse la vuelta hacia el Amoteh y él, por instinto, la siguió de cerca.

Su «experiencia», como Leigh había dicho, consistía en unas cuantas fiestas cuando era adolescente y los años que estuvo casado. Lo que Leigh había saboreado, lo que le había dado, no era fruto de la experiencia sino de su deseo por ella.

Se pasó la mano por la cara. Había apostado

fuerte por una mujer que tenía una opinión muy pobre de él. ¿Dónde estaba su orgullo?, se preguntó. ¿Dónde estaban la pena y la culpa que solían invadir sus noches?

Lo único que sentía por ella era fascinación; aunque eso no era mucho, teniendo en cuenta lo que ella pensaba de él.

Jarek se encontró sonriéndole a la luna.

Casi le dio pena de sí mismo por la bronca que iba a recibir de Leigh cuando se enterara de lo que había hecho: su hermano Ryan estaba a punto de llegar.

Convencerlo no había sido muy fácil, pero merecía la pena. Al tener a toda la familia junta, ella no tendría que salir corriendo tras ellos y podría relajarse un poco.

Cuando llegó a la altura de las escaleras, Leigh se detuvo un instante y se dio la vuelta. Jarek le envió un beso con la mano, y ella se volvió y corrió hasta la puerta del hotel.

Cuando volvió a estar solo en casa, sintió que tenía el cuerpo tenso por el deseo. Pero también había algo más, algo que no estaba dispuesto a admitir.

A la mañana siguiente, Leigh se encaminó, libreta en mano, hacia donde Jarek estaba construyendo la tienda.

Lo observó a través de un montón de cajas de Bella. Estaba trabajando con la sierra eléctrica, envuelto en una nube de serrín. Tenía las largas piernas separadas y los músculos de los brazos y del tórax en tensión. Leigh sintió que una emoción que solo podía definir como deseo la embargaba.

Lo observó un rato más. Trabajando de aquella manera tan eficiente, con las gafas protectoras puestas, tenía un aspecto bastante inocente.

Leigh se rodeó con los brazos. Después de todo, era el hermano de Mijail. Podría intentar tratarlo desde una nueva perspectiva: como si fuera una parte más de su negocio. Ella ya había tenido que lidiar con situaciones incómodas antes. Se las podría arreglar, pensó de nuevo, predisponiéndose para una charla agradable con Jarek.

—¿Está saliendo todo según lo previsto? —preguntó con un tono que le pareció lo suficientemente neutro, aunque agradable.

Él asintió con la cabeza y continuó trabajando. Cuando ella se acercó más, decidida a establecer una relación de trabajo firme y agradable, él la recorrió con la mirada.

—Apártate —ordenó con aspereza.

El tono la pilló por sorpresa. Al dar un paso hacia atrás, el tacón se le enganchó en un cable y perdió el equilibrio.

Él se movió con presteza. Desenchufó la sierra y la agarró por los brazos antes de que ella cayera al suelo.

—Qué torpe por mi parte, gracias.

—De nada. Aléjate de aquí, ¿vale?

Leigh se quedó sin aliento. El corazón le latía a toda velocidad y sentía como si la presión de sus manos sobre sus brazos fuera la lluvia y el sol al mismo tiempo. En algún sitio de su interior se sintió libre y joven.

—¿Cuándo crees que la tienda estará terminada? Mijail me ha dicho que quiere que esté lista lo antes posible. Ya estamos a junio y deberíamos abrirla ya. ¿Crees...?

—Ya me lo ha dicho. Mijail, mi padre y yo la acabaremos esta noche.

—Vaya, siento que esto implique a toda la familia.

Jarek se apartó las gafas protectoras y la observó detenidamente.

—¿De qué se trata, Leigh? ¿Toda esta cháchara? ¿Qué quieres?

Las preguntas directas la tomaron por sorpresa y la hicieron pensar en lo que realmente quería: besarlo. Tenía un aspecto delicioso empapado en sudor y cubierto de polvo. Al imaginárselo desnudo, un escalofrío le recorrió todo el cuerpo.

—Nada. Nada de nada. Solo estaba intentando ser amable contigo.

Él entrecerró los ojos.

—¿Amable? No quieres perder esa suculenta prima, ¿verdad? Yo no tengo nada que ver con el negocio de Mijail. A mí me gusta trabajar con la madera. Así que, si no tienes nada más que decirme, por favor vete a un lugar más seguro.

Leigh no estaba acostumbrada a que le dieran órdenes. Además, el temperamento de Jarek estaba totalmente fuera de lugar en los negocios.

—Parece que estás de mal humor esta mañana.

–He pasado una mala noche. Anoche una mujer me dio un beso a la luz de la luna. No pude apartar el beso de mi cabeza en toda la noche. ¿Qué tal tú? ¿Dormiste bien?

Por su mirada, ella supo que estaba preparado para discutir. Y ella también. Había tenido sueños eróticos con él en aquella cama del salón.

En aquel momento, una doncella se acercó a Jarek y la expresión de este se suavizó. La mujer llevaba el ajustado uniforme desabrochado hasta el nacimiento de los senos.

Le ofreció una limonada.

–Gracias, Louise. Tiene un aspecto estupendo.

Leigh se dio cuenta de que la chica se le acercaba mucho, tocándole el brazo mientras batía las pestañas.

–Cuando quieras, Jarek –ronroneó ella.

Él se quedó mirándola mientras la chica se alejaba contoneándose, y después se tomó la limonada de un trago. Le pasó el vaso vacío a Leigh y, aunque tenía los labios helados por el refresco, el suave beso le pareció que le quemaba.

Jarek le sonrió y le sacudió el pelo.

–Tienes serrín –le dijo–. Y esa mirada parece cargada de celos.

–¿Yo? Nunca he estado celosa en mi vida.

–Ya te lo he dicho. Amaba a mi mujer y me culpo por su muerte, pero no necesito a cualquier mujer para seguir viviendo. Conozco a Louise desde que nació. Parece ser que yo prefiero a una pelirroja con los ojos color miel que con sus besos me demuestra que ella siente lo mismo.

Cuando acabó, se colocó las gafas y volvió al trabajo.

Las palabras que acababa de pronunciar resonaban en la mente de Leigh. Él había hablado abiertamente, como un hombre le habla a la mujer amada. ¡Amada! ¿Ella?

Leigh se marchó corriendo en dirección a la cocina. Cuando llegó, se encontró a Mijail sentado en una silla disfrutando tranquilamente de un café.

Cuando la vio entrar, levantó la vista.

–¿Jugando con el serrín? ¿Qué tal va todo?

–Creo que bien. Jarek me ha dicho que vas a trabajar en la tienda esta noche.

–Me gusta trabajar con las manos, me relaja. Tú también deberías relajarte, parece que ya lo tienes todo bajo control.

–Si quieres, puedo ir a echar una mano esta noche. Ya sabes, para relajarme. Necesito tiempo para preparar las cosas.

Mijail le dedicó una sonrisa que le recordó a Jarek. No quería volver a verlo, pero allí estaba ella, haciendo planes para verlo de nuevo.

–Me parece una buena idea –respondió él.

Esa noche, Leigh intentó parecer segura de sí misma mientras se acercaba a los tres Stepanov, que ya estaban trabajando.

Jarek apagó el destornillador eléctrico cuando la vio. Estudió la camiseta que llevaba, los pantalones de deporte ajustados y las zapatillas deportivas.

–¿Qué estás haciendo aquí?

Fadey le sonrió y atravesó lo que iba a ser el marco de la puerta. Le dio un gran beso en la mejilla.

–He venido a ayudar –respondió ella.

–Es una chica –dijo Jarek, malhumorado–. Nos molestará, se hará daño.

–Solo tienes que decirme qué tengo que hacer y yo me las apañaré. Ya he trabajado en la construcción antes. ¿Cómo crees que conseguí mi primer traje de chaqueta para una entrevista?

Fadey soltó una carcajada. Mijail se volvió rápidamente, pero a Leigh le pareció que le había sonreído a Jarek.

–Me imagino que puedes ir limpiando. Mantente alejada de las máquinas. Si te hicieras daño, nos retrasarías.

Ella agarró una escoba y comenzó a barrer con furia. Pero no se iba a marchar porque él fuera un impertinente.

Dos horas más tarde, Leigh estaba cansada de limpiar y de ir de un lado para otro haciendo recados.

–Eres una buena chica –le dijo Fadey, y la tomó en brazos.

Leigh no podía parar de reírse.

–Eso está bien –dijo Fadey–. Ríete todo lo que quieras.

Después la dejó en los brazos de Jarek.

–Llévatela de aquí, está cansada. Daros un paseo, necesita un poco de aire fresco. De todas formas, ya hemos acabado por hoy. Mañana panelaremos las paredes. Después ya solo quedan los detalles.

Leigh no podía ni respirar, tenía la cara de Jarek demasiado cerca de la suya. El corazón de él latía a toda velocidad bajo su mano y aquellos ojos verdes estaban demasiado cerca. El calor de su cuerpo la estaba abrasando.

Ella no pudo evitar limpiarle el serrín que le había caído en las cejas y en las mejillas. Después el tiempo volvió a detenerse a su alrededor, como si estuvieran solos.

–Déjame en el suelo –le susurró, consciente de que su pecho descansaba sobre el de él.

Jarek asintió, pero no hizo ningún movimiento.

Al llegar a la puerta, la dejó en el suelo.

¿Quieres que demos un paseo?

Ella negó con la cabeza al recordar lo que había pasado la noche anterior.

Él le tendió aquella mano suya, grande y fuerte de trabajador, y ella, sin darse cuenta, la tomó.

Con el pulgar le acarició en el centro de la palma, después se la acercó a la boca y la besó.

–Lo siento, tengo que hacer el inventario.

–¿De quién tienes miedo, Leigh? ¿De mí o de ti?

Sin responderle, ella se alejó por el pasillo en dirección al ascensor.

Capítulo Seis

Ya habían pasado más de dos semanas desde la última vez que Jarek había hablado con Leigh y los turistas de mediados de junio empezaban a llegar al hotel.

Después de terminar la tienda, solo había visto a Leigh de pasada. Ella siempre estaba ocupada con los clientes, con el inventario... y cuando tenía libre, lo evitaba. Decir que no se sentía dolido sería una mentira. Decir que no la necesitaba otra; pero él tenía su orgullo.

La llevaba en la sangre y, por la manera de comportarse cuando él estaba cerca, se diría que ella también.

Pero Leigh tomaba sus propias decisiones.

Al anochecer, Jarek aparcó la moto en el estacionamiento del hotel. Teniendo en cuenta la reacción que Leigh había tenido cuando llevó hasta allí a sus padres, se imaginaba qué diría cuando viera al pasajero que llevaba detrás.

El surfero egoísta y malcriado tenía la piel bronceada por el sol de California. Dependía de Leigh, que tenía que mandarle dinero para que no se metiera en líos.

Cuando Jarek fue a recoger a Ed y a Bliss, se

había propuesto discutir temas familiares con Ryan. Bajo presión, el chico había accedido a ir a Amoteh, pero había pedido tiempo para despedirse de sus amigos. Jarek le había puesto un billete de avión en la mano y él lo había mirado como si fuera estiércol.

Pero allí estaba, como había prometido.

Cuando Jarek aparcó la moto, el chico se apeó, se quitó el casco y miró al hotel con cara de disgusto.

—Aquí no se hace surf —dijo con un gesto de decepción en su cara guapa y morena.

Tenía el pelo rizado como Leigh, pero lo llevaba más largo y mucho más claro por el sol.

Miró hacia el pueblo y exclamó:

—¡Menudo rollo!

—Te acabará gustando. Además, solo estarás aquí durante el verano.

Jarek ató los dos cascos a la Harley. Y al ver a la mujer que se acercaba a pasos agigantados, se cruzó de brazos.

Ella llevaba un pañuelo atado a la cintura y, mientras caminaba hacia ellos, Jarek tuvo tiempo de admirar sus piernas.

Cuando se paró frente a él, el viento proveniente del océano agitó los flecos de la prenda y Jarek ya no pudo apartar los ojos.

—¿Es que nunca has visto un pareo?

Jarek se la imaginó con el pareo y sin nada debajo, y se alegró de que la temperatura fuera aún fresca.

—Muy bonito.

Pero Leigh ya estaba mirando a su hermano.

–Ryan, creía que te había mandado dinero suficiente para que no molestaras a Ed y Bliss.

–Oye, que no he venido por mi propia voluntad. Aquí el amigo me convenció.

–Jarek, ¿se puede saber qué has hecho?

–Solo le expliqué algunas cosas de la vida.

–Piensa que estás trabajando demasiado –añadió Ryan– y que yo tengo que contribuir.

Leigh levantó las cejas.

–¿Eso te dijo?

Jarek asintió señalando hacia la casita de Ed y Bliss.

–La casa de tus padres está allí. Te quedarás con ellos y echarás una mano en lo que puedas. Y recuerda que prometiste no pedirle dinero a Leigh.

Ryan agarró la chaqueta y miró al suelo.

Leigh frunció el ceño.

–Yo conozco esa mirada. ¿Qué has hecho? ¿Cuánto ha sido esta vez?

Ryan miró hacia las nubes.

–Me han dicho que aquí llueve todo el tiempo. Y por si lo quieres saber, voy a pasar el verano aquí encerrado por una miseria. En una fiesta se estropeó un poco la habitación de un hotel. No era gran cosa, pero ahora voy a tener que trabajar seis días a la semana en una fábrica de muebles. Encima, en mi tiempo libre, tendré que ayudar a Ed y a Bliss con el jardín y los recados. Me voy a convertir en un esclavo.

–Te aseguro que hay trabajos mucho peores. Te espero a las siete en el taller. Sé puntual.

Jarek arrancó la moto y se marchó.

Mientras se alejaba de allí, vio a Leigh rega-
ñando a su hermano y, por el aspecto de este,
parecía que no la estaba escuchando. Esperaba
que eso cambiara durante los siguientes meses.
Leigh había cargado con todo el peso de la familia durante demasiado tiempo.

Tenía un aspecto cansado. Mijail le había dicho
que se quedaba hasta tarde para atender a las llamadas de Morris, que le enviaba flores con regula-
ridad. Parecía que, además de la tienda, Leigh se
estaba encargando de su trabajo habitual.

En lugar de irse a casa, Jarek se fue al taller.
Después de tener que tratar con la actitud infantil de ese chico consentido y de ver a Leigh con
aquel aspecto tan *sexy*, necesitaba hacer un poco
de trabajo duro.

Se puso a lijar una mesa, pero la imagen de
Leigh no se le iba de la cabeza. Si alguien lo hubiera visto, habría dicho que parecía estar hechizado y, tal vez, lo estaba. Con el pasado triste
y el futuro incierto. Si volvía a amar de forma
tan profunda como sospechaba, probablemente
sufriría mucho; Leigh le había dejado claro que
en su vida no había sitio para él.

Después de traer a sus padres, le había dicho que se metiera en sus asuntos. El problema
era que él sentía que Leigh era asunto suyo.

Después de trabajar dos horas con la mesa, se
dirigió hacia La Gaviota. Allí estaban sus amigos, pero también Lars Anders. Jarek agarró
una cerveza y, como siempre hacía, lo ignoró.

Entonces Lars, desde el otro extremo de la
barra, le gritó:

—Esa mujer que trabaja en el hotel de tu hermano, ¿tú crees que se está acostando con él? ¿O quizá se está acostando también con su jefe? La florista me ha dicho que le manda flores todo el tiempo. Quizá una mujer tan guapa necesita un hombre de verdad... como yo.

Rita, con una bandeja de jarras vacías en la mano, se acercó a él.

—Está de mal humor. Acaba de pagar una buena multa por no tener las luces en condiciones y Norma Lou acaba de dejarlo. No le hagas caso.

—Lo siento, pero hay cosas que no le voy a consentir —le dijo a Rita mientras se envolvía la mano en una toalla, para protegerse del cuchillo con el que Lars estaba jugueteando.

Mientras le daba a aquel bruto el primer puñetazo, Jarek seguía manteniendo la cabeza fría. Una buena pelea con Lars era la manera perfecta de acabar con la tensión que había acumulado a lo largo del día. Lars no peleaba bien y al final, empujado por Jarek, le pidió disculpas al dueño del bar y le prometió que pagaría los desperfectos.

A las once, Jarek estaba tumbado sobre la cama. Se acababa de duchar y llevaba unos vaqueros limpios; sabía que Leigh iría a echarle la bronca. No se sentía satisfecho por la pelea con Lars, solo sentía soledad.

Cuando el timbre sonó, él sonrió. Al abrir la puerta, allí estaba ella con una gabardina hasta las rodillas y el pelo aplastado contra la cara.

Jarek la invitó a pasar y cerró la puerta tras ella. Todo lo que quería estaba frente a él.

–Te echaba de menos –dijo él con sinceridad.

Ella lo miró a los ojos.

–Yo... yo también –susurró con voz temblorosa, borrando de su memoria todas las veces que lo había rechazado.

Levantó una mano y le acarició la mejilla amoratada por el puño de Lars.

–Estás herido. Me han dicho que me has tenido que defender, ¿te duele mucho?

–Me duele cuando no estoy contigo –dijo sencillamente, olvidándose de todas las precauciones en una noche en la que el viento y la lluvia le habían llevado a la mujer que deseaba.

No se podía mover mientras ella le acariciaba la cara y le alejaba del rostro los mechones aún mojados.

Leigh se puso de puntillas y le dio un beso en el golpe.

–Me gustaría que no te pelearas con nadie. ¿Me prometes que no lo volverás a hacer?

–¿Es esa la razón por la que has venido? ¿Para que te lo prometa? –con sus labios probó el sabor de la lluvia en los de ella.

–Promételo –susurró ella con desesperación–. Prométemelo.

–No puedo. Es imposible cuando está bebiendo.

–Tú también estabas bebiendo.

–Estaba solo y la noche se presentaba demasiado larga. Fui allí a ver a mis amigos, no a beber.

Ella frunció el ceño y se alejó de él. Jarek se acercó a ella por la espalda.

–¿Qué más quieres?

Ella se volvió.

–No puedo prometerte nada con respecto a Ryan. No se puede confiar en él. Quiero darte lo que hayas pagado por él. Ahora mismo no tengo mucho dinero, pero...

–Déjalo, Leigh –la interrumpió él, pasándole la mano por el pelo húmedo, pensando lo maravillosa que era–. Tienes que dejarlo crecer, cariño. Él me ha hecho una promesa y tiene que cumplirla. El dinero se lo descontaré de su sueldo.

–Tú no lo conoces. Utiliza a Ed y a Bliss para llegar a mí, y yo no puedo negarles nada.

–No te preocupes. Creo que Ryan ha entendido a la perfección que tiene que cumplir con su parte del trato. Si sigues protegiéndolo, no va a crecer nunca.

–Yo tengo mis responsabilidades. No puedo hacer lo que quiera. He venido para decirte que no puedes seguir interfiriendo en mi vida. Mijail me dijo que te peleaste por mí. Yo llevo cuidando de mí mucho tiempo, Jarek. Para mí los cotilleos no significan nada, sobre todo cuando son falsos. Por si no lo sabes todavía, no me acuesto con Morris, nunca utilizaría mi cuerpo para alcanzar una posición. Y él tampoco es de ese tipo de hombres. Pero sí he tenido una relación, si se le puede llamar así a varias semanas de tonteo y quince minutos de sexo en la habitación de la fotocopiadora.

Leigh dudó un instante, después continuó:

–Yo no quería salir con nadie de la oficina, pero Kevin me persiguió hasta conseguirlo. Me imagino que, en aquel momento, aquello me gustó. Aquellos quince minutos de sexo fueron una verdadera desilusión. Fue mi culpa. Tenía una hora para comer y él también. Me lo pidió y a mí me apetecía tener una experiencia, no sé, tal vez deseara demostrarme a mí misma que era una mujer normal. Después Kevin fue presumiendo de lo que había pasado e intentó chantajearme. Yo se lo conté a Morris y este lo despidió. Trabajo muy duro.

Jarek no quería pensar en lo que pasó durante aquellos quince minutos.

–Ya sé que trabajas duro. Pero quizá haya llegado el momento de que te dediques un poco más de tiempo. Tienes que decidirlo.

–A ti te gusta jugar y a mí no.

Jarek le acarició los rizos, disfrutando de su suavidad.

–Quizá no sabes cómo.

–No, me imagino que no. Pero no tengo tiempo. Me crees, ¿verdad?

Él siempre la creería. Leigh no era una mujer que fuera a engañarlo. Pero, ¿se estaría engañando a sí misma?

–Quizá tú no seas la única a la que le preocupa lo que está sucediendo entre nosotros.

–Annabelle –dijo ella, comprendiendo–. Todavía la echas de menos. Todavía te sientes culpable. No creo que yo pueda ser su sustituta. No me lo pidas.

–Ella no tiene nada que ver con esto –se acercó a sus labios y le susurró–: Solos tú y yo.

Había estado tan enfadada con Jarek por llevar a Ryan a Amoteh... Ella siempre había intentado mantener los negocios separados de la familia, cosa que no siempre le había resultado sencilla. El problema era que tenerlos tan cerca podía entorpecer la buena marcha de la tienda. Probablemente, Mijail no sería tan comprensivo como Morris y ella podía perder el contrato y la prima.

Esa tarde, Ryan había logrado enfadarla.

–Estás saliendo con ese tipo duro, ¿verdad? –le preguntó él.

–Tú preocúpate de no disgustar a Bliss y Ed. Ed todavía no ha logrado recuperar sus fuerzas y, definitivamente, Bliss está pasando la menopausia. Nunca admitirá que tiene sofocos ni cambios de humor, pero así es. Parece que están muy a gusto en el pueblo y que han sido bien acogidos. Además les gusta la casa, Bliss dice que tiene buenas vibraciones. Ya tengo bastante sin tener que ir detrás de ellos. Por favor, Ryan, no los disgustes.

–¿O qué? ¿Qué harías? Siempre me estás dando lecciones. Estoy harto y no quiero saber nada sobre la menopausia de Bliss –le gritó él–. ¿Cuándo ha echado raíces esta familia? ¿Cuándo hemos sido nosotros como los demás niños? ¿No te has dado cuenta de que nuestros padres son diferentes? ¿Cómo esperabas que saliera yo?

¿Como tú? ¿Nervioso, cansado y trabajando día y noche? ¿Diciéndole a todo el mundo cómo vivir su vida? Yo no, hermanita. Yo soy como Ed y Bliss. Si no se lo hubiera prometido al grandote ese, no estaría aquí ahora. Él dijo que era decisión mía y quizá nunca antes había tenido la oportunidad de mantener una promesa. Pero ahora sí. Ya soy un adulto, Precious.

La discusión entre la hermana mayor y el hermano pequeño duró todo el camino a la casa de sus padres. Las camisetas teñidas de Bliss estaban secándose en un muro de piedra y una de las cabras parecía muy contenta comiéndose una. La pelea se acabó en cuanto vieron a Bliss y Ed, acercándose a ellos, agarrados de la mano.

−Ni se te ocurra hacerles daño, Ryan −dijo Leigh.

El «vete a paseo» que le respondió su hermano no había sido nada alentador.

Acababa de volver a su dormitorio del hotel cuando Mijail apareció en su puerta. Se había puesto un albornoz sobre el biquini que se estaba probando para comprobar si se transparentaba o no.

Mijail llevaba un traje inmaculado.

−Me imagino que no sabrás nada de Jarek, ¿verdad? Se ha peleado y como el motivo de la disputa has sido tú, pensé que sabrías algo...

−¿Qué?

A Leigh se le pasó un millar de imágenes terribles por la cabeza.

Mijail le contó todos los detalles de la contienda. Ella se quitó el albornoz a toda prisa y se puso una gabardina. Él aún no se había movido de su sitio cuando ella lo señaló con un paraguas.

–Déjame pasar –le dijo, preguntándose por qué tendría aquella sonrisa en la cara.

–Por supuesto –respondió él de manera formal.

Mientras corría por el pasillo, le pareció escuchar su risa. Pero en aquel momento no tenía tiempo para Mijail, no cuando Jarek podía estar herido. Tenía que encontrarlo...

Una ráfaga de viento la había arrojado a sus brazos y ella se olvidó de todas sus reservas, de todos sus problemas. De su familia y de la importancia del contrato con el Amoteh.

En la oscuridad de la casa austera de Jarek, él era un verdadero foco de calor, vida y seguridad. En aquel momento, cuando el viento la había enviado contra él, Leigh se había sentido completa, como si por fin hubiera encontrado la paz.

Leigh cerró los ojos cuando los labios de él se posaron sobre los suyos, haciéndola entrar en calor. El pasado empezó a desaparecer de su mente y un nuevo comienzo surgió de la tormenta. Él la apretó contra sí, deslizó una mano bajo la gabardina y...

–¿Un biquini? –preguntó sorprendido con una sonrisa.

Su tono fue una combinación de sensualidad, pasión y un poco de entusiasmo, como el de un niño en la mañana de Reyes.

–Me lo estaba probando cuando Mijail llegó a avisarme...

Contuvo el aliento mientras él le desabrochaba la gabardina lentamente. Su sonrisa se convirtió en deseo mientras se la quitaba y la echaba sobre una silla.

Las manos grandes y endurecidas por el trabajo la agarraron por los hombros. Con una mirada intensa la hipnotizó, mientras sus manos se deslizaban por la espalda y le deshacían el lazo del biquini.

El corazón de Leigh se acelero, se quedó quieto y, finalmente, se abrió. Bajo las palmas de sus manos, el pecho desnudo de él era suave y cálido, y el corazón le latía al mismo ritmo que el de ella. Nunca había visto a un hombre tan excitado mientras la acariciaba con gentileza, casi con reverencia.

De uno en uno deshizo los lazos de la braguita del biquini. El trozo de tela se deslizó por sus piernas, suave y frágil, igual que ella se sentía.

Jarek se quedó muy quieto y Leigh supo que no iba a seguir a menos que ella quisiera.

–Sí –le susurró con miedo, aunque lo deseaba–. Sí –repitió con voz temblorosa, con el cuerpo ardiente mientras se movía contra él y se deshacía de los zapatos.

Escuchó el sonido de su respiración y se dio cuenta de que la había estado conteniendo. Entonces sus labios se posaron sobre los de ella, exigentes y fieros como la tormenta del exterior.

Leigh se unió a él, utilizando toda su fuerza para abrazarlo. Escuchó un suspiro largo de alivio y se dio cuenta que había sido ella. Provenía de una emoción profunda y verdadera que no sabía que existía.

Sintió su necesidad fiera y en sus brazos la transportó a la cama. Después se echó sobre ella con suavidad y Leigh se arqueó contra él. Cada caricia acentuaba su necesidad. Fuera lo que fuera lo que había estado buscando, lo había encontrado,allí con Jarek: la intensidad, la pasión, la verdad...

El ritmo continuó, elevándose fuera de control mientras él se estremecía, la acariciaba y la empujaba. Mientras con las dos manos le acariciaba los pechos, contra su piel le susurraba palabras de pasión.

Ella se olvidó de todo. En ese momento solo existían ellos dos. Solo Jarek, duro y pleno dentro de ella.

Gritó desesperada y llena de pasión. No podía parar, frenar el ritmo, sus cuerpos fluían al unísono, a la perfección. Jarek volvió a susurrarle en su mejilla con una voz ronca y apasionada, y sus labios encontraron los de ella. Leigh luchó contra el placer y después lo aceptó con un grito salvaje.

—Jarek... Jarek....

Leigh bajó a la tierra lentamente, henchida de felicidad, apretada contra él, con las piernas entrelazadas.

Mientras él le acariciaba el pelo, ella intentó encontrar respuestas, pero no pudo. Solo sabía que se encontraba bien entre sus brazos.

Él le acarició el pelo y se separó un poco para mirarla a la cara.

–Te pusieron el nombre adecuado, Precious, no deberías habértelo cambiado.

Ella se rio.

–Quizá sea el nombre apropiado para una amante; pero, desde luego, no le va nada bien a una mujer de negocios.

Jarek le deslizó la mano por la espalda y comenzó a acariciarla con pasión renovada.

–Esta vez nos tomaremos nuestro tiempo, cariño. Déjame demostrarte lo feliz que te puedo hacer.

Antes del amanecer, Leigh se levantó y se puso la gabardina. Se acercó a la cama para estudiar al hombre que se había convertido en su amante. Él abrió los ojos lentamente. Tenía un aspecto sensual y por su mente pasaron todas las escenas de aquella noche de pasión.

Miró de arriba abajo su cuerpo relajado.

Ese era su amante, el hombre que la había acariciado, que la había abierto y al que se había entregado.

«Mi amante».

Jarek la acompañó hasta la entrada y la sujetó en sus brazos un momento más. Por primera vez en su vida, Leigh sintió que podía permanecer así eternamente. El beso que le dio no fue un beso apasionado, sino algo más profundo que los dos temían y deseaban a la vez.

Jarek la vio alejarse.

No había querido que la acompañara hasta el hotel. Quizá le importaban las apariencias o estaba insegura de sus emociones. Podía sentir su incomodidad igual que presagiaba una tormenta formándose en un día tranquilo.

Ella desapareció en la bruma y él se volvió a quedar solo. Cerró los ojos y rememoró los acontecimientos de aquella noche. Ella había demostrado que era toda una mujer, había fluido con él, fuerte y desesperada.

Jarek se frotó el pecho dolorido. El aire olía a ella, pero Leigh no estaba allí. De repente temió que la maldición también la alcanzara a ella y deseó tenerla en sus brazos para poder protegerla.

¿Estaría él hechizado? Quizá. Pero ahora la culpable era Leigh, la suavidad de su piel, el aroma de su cuerpo, la dulce promesa de amarla una y otra vez.

Capítulo Siete

Leigh se miró al espejo mientras se acababa de ajustar el pareo que llevaba anudado a la cintura. Hubiera preferido llevar ropa de negocios, pero al ponerse las prendas deportivas de Bella personalmente, promocionaba los diseños. Aún no había recibido la ropa con el diseño especial para el hotel; hasta entonces, aquel pareo serviría.

Cuando Jarek la viera, la miraría con la misma pasión que el día que hicieron el amor. Tembló al recordar su boca sobre sus pezones; todavía podía sentirlo muy dentro de ella.

Un suspiro escapó de sus labios justo cuando una clienta salía del probador. La mujer le había asegurado que tenía una talla cuarenta, pero Leigh había notado que usaba una cuarenta y cuatro. Con una sonrisa en los labios le había ofrecido la talla apropiada.

–Este bañador es la cuarenta y cuatro, pero talla muy grande. Creo que el color verde le quedará precioso. Resaltará el color de sus ojos.

La mujer había quedado muy satisfecha y había comprado ropa para sus hijos y su marido.

El lugar de la tienda, al lado de la piscina y del gimnasio, era perfecto. Llevaba abierta una semana y todo marchaba sobre ruedas. La mujer que la ayudaba era maravillosa y las ventas iban fenomenal. Ni siquiera el exigente de Mijail podía encontrar ninguna falta.

Con respecto al horario, Mijail se había mostrado inflexible. Había insistido en que de diez a cuatro, con una hora para comer, era suficiente.

–Si quieren nadar a otra hora y no tienen traje de baño es su culpa, no del hotel. No pienso convertir este hotel en un centro comercial abierto a todas horas.

A Leigh le había costado concentrarse en los negocios después de la noche de pasión que había compartido con Jarek. Antes de ir a la tienda se había dado un buen baño de espuma, pero el teléfono había interrumpido el momento.

Cuando respondió a la llamada, no pudo evitar un bostezo.

La voz de Morris sonó preocupada.

–Leigh, normalmente a estas horas llevas mucho tiempo levantada. ¿Hay algún problema? ¿Estás enferma?

–Estoy bien. Mejor que bien –añadió con una sonrisa, sintiéndose completamente satisfecha.

–Tu voz suena diferente... más ronca. ¿Te has resfriado? A lo mejor tienes sueño. ¿Estuviste anoche trabajando hasta tarde?

–¿Trabajando? No –Leigh se recostó en la bañera y metió el dedo pulgar del pie en el grifo.

Aquello fue un error. Intentó sacarlo y seguir hablando de negocios con la frialdad de siempre. Morris estaba claramente preocupado.

–¿No consigues convencer a Stepanov para que acepte a otra persona?

–No. Parece que es un hombre de ideas fijas. Pero yo sigo intentándolo. La tienda va a las mil maravillas, Morris.

–Confío en ti, Leigh. ¿Es agua lo que estoy oyendo?

–Me estoy bañando. He estado haciendo ejercicio. Ahora tengo que marcharme.

Todavía tenía el dedo atascado cuando Ryan llamó media hora más tarde.

–Odio este lugar. Apesta y hay un montón de madera que quieren que descargue. Y que limpie las estanterías y haga un inventario. Los Stepanov son unos negreros y el tipo grandullón me dijo que no te molestara... Oye, Leigh... no me cuelgues... ¿Leigh?

Leigh no tenía tiempo para Ryan y sus problemas. Empezó a aplicarse jabón en el dedo para poder desatascarlo.

Ella no era una persona que soliera darse baños de espuma, normalmente se daba una ducha rápida. Pero parecía que Jarek iba a afectar a todos los aspectos de su vida.

Quince minutos después llamó su madre. Por el sonido de su voz parecía que había estado llorando.

–No tenía ni idea de que iba a hacer tanto calor aquí. Estos calores repentinos deben proceder del desierto o algo así. Pero somos muy felices. Esta noche vamos a trabajar en el jardín. Ven si puedes, Precious.

Cuando Leigh logró liberar su dedo, se vistió

y se dirigió a la tienda. Desde que abrió, no había parado de llegar clientes, por lo que no había tenido tiempo para pensar en sus cosas hasta que cerró a mediodía.

Tenía que solucionar un asunto personal; debía encargarse de que Lars no volviera a molestar a Jarek.

Con paso decidido se dirigió hacia el lugar donde le habían dicho que vivía el hombre, cerca del puerto. Lars la recibió con una sonrisa lasciva, pero aceptó de buena gana el cheque suculento que ella le ofreció.

Leigh volvió para abrir la tienda con el sentimiento de que tenía su vida un poco mejor controlada.

A las cuatro de la tarde, por la puerta apareció Jarek con una camiseta negra y unos vaqueros desgastados. Tenía un aspecto estupendo, pero Leigh pensó que estaba mejor sin nada. Él permaneció apoyado contra el marco, con los brazos cruzados, mientras admiraba su aspecto. Su mirada seductora le indicó que estaba dispuesto a devorarla tan apasionadamente como la noche anterior.

Leigh sintió que su corazón se le aceleraba de manera tan violenta, que tuvo que llevarse una mano al pecho para controlarlo.

La mujer que estaba a su lado probándose unas gafas de sol debió sentir algo, porque se bajó la montura para mirar por encima.

–Ni lo sueñes, guapa. Lleva mi etiqueta –le susurró a Leigh mientras se deslizaba hacia Jarek contoneándose–. ¡Encanto! Me estaba preguntando cuándo volvería a verte. En cuanto tengo un momento, me paso por aquí para verte.

—Hola, Marcella —respondió Jarek, mientras su mirada seguía prendada de Leigh.

Marcella se agarró a los brazos de Jarek y levantó la cara para que él le diera un beso.

Leigh se quedó pegada al suelo sin poder apartar los ojos de la escena. Sin hacer ningún sonido, sintió que estaba empezando a hervir por dentro.

Jarek apartó los brazos de la mujer, sin dejar de mirar a Leigh, y negó con la cabeza cuando ella le susurró algo, ofreciéndole la tarjeta de su habitación. Eso le recordó a Leigh que él era muy atractivo. ¿Por qué se habría fijado en ella, entonces? ¿Por qué querría hacerle el amor cuando tenía a tantas mujeres a su disposición?

Leigh sintió que una furia posesiva la invadía y no pudo explicarla. Ya había visto a otras mujeres celosas y siempre había pensado que era una tontería.

Mientras sus sospechas y su enfado crecían, logró explicarle a una clienta las cualidades del tejido del bañador que se llevaba.

Probablemente, aquella era otra conquista en la lista de Jarek, a pesar de que le había dicho que no se había acostado con nadie desde que murió su mujer.

Desde luego, la noche anterior no se había abstenido.

Leigh golpeó las teclas de la caja registradora y cometió un error que le llevó un rato corregir.

Parecía que Jarek era capaz de provocar en ella todo tipo de sentimientos y Leigh parecía saltar de uno a otro sin poder evitarlo.

Cuando el último cliente se marchó, Jarek cerró la puerta con llave y caminó hacia ella.

–¿Te has acostado con esa mujer? –su propio tono celoso la sorprendió. Con un gesto precipitado agarró su bolso y sacó la chequera–. Toma. No quiero que nadie piense que lo de anoche fue para pagar la renta de mis padres. Esta cantidad debería ser suficiente.

–Yo no miento. Te dije que lo que pasó fue entre tú y yo, y lo dije en serio. Nunca la he tocado, ni a ninguna otra mujer desde mi mujer hasta anoche –su voz sonó cortante, orgullosa.

Agarró el cheque y lo hizo pedazos, tirándolos con furia sobre el mostrador.

Leigh se sorprendió. Había estado tan ensimismada en sus propios sentimientos, que no se había dado cuenta del enfado de Jarek.

–¿Hay algún problema?

–Tú.

Incluso en ese momento, con lo malhumorado que estaba, Jarek la deseaba. Quizá fuera la sangre rusa que corría por sus venas. Quizá fuera porque ella había herido su orgullo. Aunque eso sonaba estúpido; pero eso era más fácil que admitir otro tipo de sentimientos.

–Parece que has tenido un día muy ocupado, ¿verdad? Después de lo de anoche, nunca pensaría que te quedaba suficiente energía para hacerle una visita a Lars. Ahora todo el mundo en el pueblo sabe que lo compraste para que no me hiciera daño... Para que no me hiciera daño –repitió con ironía–. Quizá sea eso lo que haces por Ryan, pero a mí me criaron para que me defendiera yo solo.

–Pensé que podía ayudar. Es un matón y...

–Es un matón que ha corrido la voz de bar en bar de que me escondo detrás de la chequera de una mujer. ¿Qué implicaciones tiene eso? ¿Que me quieres pagar por mis servicios?

–Sabes que eso no es verdad. Solo quería que no te hicieran daño. Protegerte como hago con mis padres y con Ryan. Pensé que el dinero era la mejor manera de llegar hasta él.

–Conseguiré que te devuelva el dinero. Con respecto a Ryan, tienes que dejarlo crecer, que se solucione sus propios problemas.

–No te molestes por ese dinero.

–Lo haré. Solo he venido para verte y preguntarte si era cierto.

Jarek deseaba apretarla entre sus brazos e inhalar su aroma. Se encogió de hombros porque ya sabía muy bien lo que quería: a Leigh, la mujer, su mujer.

Leigh estaba cruzada de brazos y los pechos sobresalían por el escote del bañador.

Jarek sintió la tentación de llevarla al probador más cercano, al que tuviera el mejor cerrojo. Su cuerpo empezó a endurecerse y todos los recuerdos de la noche anterior volvieron a su mente.

–Me gustan más los biquinis. Pero ese bañador no está mal.

Aunque, en realidad, la prefería sin nada de ropa.

—Me gustaría saber qué opinas de mí —susurró ella, mirando hacia otra parte—. No nos conocemos hace mucho y... no soy del tipo de mujer que se va acostando con el primero que encuentra.

Él se inclinó para besarle el cuello.

—Creo que hemos esperado el uno por el otro y ahora el tiempo no significa nada. Para mí es un honor que me permitas amarte.

—¿De verdad piensas eso? —preguntó ella con voz temblorosa.

A Jarek le encantaba ese tono. Era sincero, femenino y fascinante.

—Te quiero para mí solo... ahora —susurró y se inclinó para tomar sus labios.

La besó sin cesar, mientras caminaba con ella de espaldas hacia un probador. Cerró la puerta, se sentó con ella en su regazo y dejó que toda la pasión que lo había estado devorando saliera a raudales.

Ella estaba ardiente y hambrienta. Metió los dedos entre su pelo y con labios llenos de ardor lo besó. Él comenzó a acariciarle los pechos y ella le levantó la camiseta para acariciarle la piel.

Jarek suspiró. Le gustaba sentir que lo deseaba, sentir sus manos recorriéndolo.

Un golpe secó en la puerta pilló a Jarek deslizando los dedos por el borde del bañador. Leigh sintió pánico, pero Jarek reconoció el humor en la voz de su hermano.

—Los camareros están preparando las mesas

al lado de la piscina. Los invitados empezarán a llegar en cualquier momento, así que os sugiero que salgáis ahora.

—Solo estoy arreglando el espejo —dijo Jarek con una sonrisa.

Leigh estaba petrificada. Tenía las mejillas rojas, en parte por la pasión y en parte por darse cuenta de dónde estaba y qué estaba haciendo. Mientras se colocaba el bañador, Jarek la atrajo hacia él.

—Me encanta tu olor —dijo mordisqueándole un pezón por encima del bañador. Leigh no pudo contener un gemido—. Ven conmigo.

—Tengo que trabajar. Una de las oficinas se ha quedado sin director y tengo que echarle una ojeada a un montón de currículos...

Jarek apretó aquella preciosa cara entre las manos. Le ofreció su corazón, aunque sabía que ella lo rechazaría.

—Entonces vente a vivir conmigo.

Ella se quedó atónita; después negó con la cabeza.

—Sabes que no puedo.

—Para mí es muy sencillo: o me quieres o no. No soy un hombre para guardar sus sentimientos. No quiero tener que esconderme por las esquinas para conseguir un minuto de tu tiempo.

—Anoche tuviste algo más que un minuto —le recordó ella.

Él sintió que ella se alejaba, que ponía barreras donde él no veía ninguna. Para él, irse a vivir juntos después de la manera en la que habían hecho el amor, era lo más natural del mundo.

—Quizá necesites saber con exactitud cuáles son mis sentimientos —dijo él, intentando encontrar las palabras para que ella comprendiera—. Pero este no es el lugar apropiado...

—Jarek —lo interrumpió ella—. Vas demasiado deprisa para mí. Tengo...

Él le soltó la cara; tenía que respetar sus decisiones.

—Ya lo sé: responsabilidades. Haz un sitio para mí, ¿de acuerdo? —pidió con sarcasmo antes de levantarse. No pensaba suplicarle.

—¿Cómo puedes ser tan... tan exigente? Tengo un trabajo...

Él salió del probador sin decir nada. Sabía que se estaba portando de manera irrazonable, pero la quería demasiado. Pensar que podía no ser correspondido le hacía mucho daño. Con Leigh necesitaba que se lo confirmara. Él era un Stepanov y, cuando deseaba, lo quería todo.

—Iré... iré contigo —aceptó ella—. Pero primero tengo que ir a mi habitación...

Jarek todavía estaba dolido por su resistencia, y los celos se apoderaron de su razón.

—¿Para hablar con Morris?

—Para cambiarme de ropa.

—Entonces me imagino que podré subir contigo —murmuró él, un poco disgustado consigo mismo.

¿Acaso era tan frágil y vulnerable con ella que necesitaba su confirmación? ¿Necesitaba que le asegurara que la magia de la noche anterior realmente había tenido lugar?

«Sí», se respondió a sí mismo mientras la

agarraba de la mano y la llevaba por los pasillos.

Cuando llegaron a su habitación, Leigh estaba sin aliento.

Jarek no esperó ni un segundo más; cerró la puerta y la tomó en sus brazos.

Allí. Allí estaba el deseo de su mujer, la respuesta de su sangre a la de él, de su cuerpo al de él, lista para el amor.

Leigh nunca se había sentido tan viva. Compartían la misma pasión y, cuando Jarek le quitó el bañador con manos temblorosas, su cuerpo tembló con el de él.

Jarek se deshizo de la camiseta y la devoró con una mirada ardiente.

Después dejó caer las manos y dio un paso hacia atrás, dejando que ella eligiera lo que iba a pasar entre ellos, haciéndola que ella fuera tras él. Aunque era obvio que su cuerpo la necesitaba, se mantuvo rígido, esperando.

Lo que tenía que hacer lo supo de la manera más natural. Acercó su cuerpo desnudo hasta él, sin vergüenza, mostrando su propio apetito. Con los pechos rozó su torso sedoso y sus pezones turgentes mostraron su deseo. Se movió sensualmente, disfrutando de su papel femenino, acariciándolo con su cuerpo. Nunca se había imaginado que podía seducir a un hombre de aquella manera, pero Jarek era un reto inevitable.

Levantó las manos para acariciarle el pecho, mirándolo, observando cómo se rendía.

Jarek notó que todos sus músculos se tensaban y tomó aliento. Después lo contuvo cuando ella se inclinó para tomar en la boca aquellos misteriosos pezones masculinos. Jugueteó con ellos en los labios y con los dientes, hasta que él dejó escapar un gemido.

¿Qué le estaba haciendo aquella mujer que no tenía tiempo para juegos?

Ella le ofreció una sonrisa por respuesta. Era una mujer que estaba tomando lo que quería y necesitaba.

–Quítame la ropa –le ordenó él con la voz ronca, producto de la emoción.

A causa de la inexperiencia, Leigh se mostró un poco torpe con la cremallera y, con un gruñido de frustración, Jarek se ocupó de la tarea y se deshizo de los pantalones.

–Vuelve a hacerlo –le susurró él–. Vuelve a moverte contra mi cuerpo.

Era un ritual que ella entendía, pero que no podía explicar.

Él necesitaba saber que ella lo deseaba.

Ella necesitaba saber que era su mujer.

Entonces, él dio un paso hacia atrás.

Ella lo deseaba de manera ardiente, necesitaba que la llenara con su orgullosa sensualidad; y, aun así, esperó con el cuerpo excitado, hambriento.

–Vas a vivir conmigo –afirmó él. Esta vez no se lo preguntaba.

–No cuentes con ello –no iba a aceptar hasta que no estuviera completamente preparada.

–Ya lo veremos –murmuró él con calma, antes de atraerla hacia él.

Mientras la besaba, abierta y salvajemente, ella se unió a él, ardiendo en su propio deseo.

Él la llevó a la cama, pero ella no quería rendirse fácilmente, así que apoyó las manos sobre su pecho y lo separó.

–No creas que me vas a convencer con el sexo.

–Déjame intentarlo –le dijo él con una sonrisa irresistible.

De repente, de una actitud retadora, Jarek pasó a una táctica más tierna.

–Vente a vivir conmigo. Estoy muy solo. Tú me has echado a perder –se burló él.

–Eres insoportable –gritó ella.

Jarek dejó que le diera la vuelta para tumbarse encima de él.

–Deja ya de hablar, Jarek.

–De acuerdo, Precious –dijo él volviendo a tumbarse sobre ella. La miró de arriba abajo, disfrutando de la visión de sus cuerpos entrelazados.

Cuando volvió a mirarla a la cara, Leigh se dio cuenta de que había estado conteniendo la respiración, intentando comprender esa mirada penetrante, esa tensión que iba creciendo en su interior. ¿Qué era aquello?, se preguntó incómoda antes de que él comenzara a amarla de manera lenta y profunda.

Una hora más tarde, ella estaba paseando con él, agarrados de la mano, por la playa, con el viento azotando la ropa y sus cabellos. Durante un segundo, Leigh pensó en todo el trabajo que tenía que hacer; pero enseguida envió el pensamiento hacia las olas oscuras que rompían junto a ellos.

Jarek se detuvo para recoger una concha, le mostró las marcas que tenía y le habló del tipo de animal que había vivido en su interior. Leigh se preguntó cómo habría sido su infancia jugando en aquella playa.

Él se volvió y descubrió su mirada tierna. Sin decir una palabra, le rozó los labios con un beso y la rodeó con los brazos, atrayéndola hacia él.

Ella se preguntó en qué estaría pensando, agarrándola con fuerza, meciéndola con suavidad. Entonces, por encima de su hombro vio la Roca del Ahogado. Jarek todavía cargaba con la culpa por la muerte de su esposa y no la compartía con nadie. Pero ella comprendió su tormento y lo abrazó con fuerza.

«Annabelle, déjalo. Dale la libertad».

Capítulo Ocho

Leigh no se podía concentrar. No, después de una semana de noches tórridas junto a Jarek. En cada ocasión se repetía aquella larga mirada sobre sus cuerpos entrelazados y la caricia posesiva sobre su vientre desnudo.

Durante la tercera semana de junio, los negocios marchaban a la perfección, tanto en la tienda como en la empresa. Leigh dejó a un lado el inventario de la tienda, pensando en la nueva casa de sus padres. La blancura de las paredes brillaba bajo el sol de la tarde. Mary Jo y su madre se llevaban muy bien, y habían empezado a diseñar juntas el jardín.

A pesar de sus pasados tan diferentes, parecían comprenderse muy bien.

Por el momento, parecía que Ed y Bliss eran felices.

Ryan seguía quejándose. Cuando lo vio ayudando a Jarek a colocar un armario pesado en la sala de exposiciones del hotel, presintió que no tardaría mucho en explotar.

Leigh suspiró y se sintió culpable por el trabajo que había dejado de lado la noche anterior para estar con Jarek.

«Jarek», suspiró. Duro, exigente, vibrante,

provocador, juguetón... tierno, romántico, posesivo...

No se había ido a vivir con él como le había pedido, pero cada noche la pasaba en sus brazos. Abandonados los dos a la pasión y el mundo girando a su alrededor. En aquellos momentos nada más importaba.

Leigh le dio un sorbo al zumo que tenía sobre el mostrador. Miró las cifras que indicaban que la tienda de Bella tendría mucho éxito en el Amoteh. Había conseguido adelantar algo de trabajo cuando no había nadie en la tienda, sacando así más tiempo libre para estar con Jarek.

Volvió a mirar las cifras. Aunque solo abrían cinco horas al día, tenían unos beneficios muy elevados. Mijail no quería bagatelas en su hotel y todas las prendas dejaban un buen margen.

Volvió a pensar en Jarek y sintió que unas cosquillas le recorrían todo el cuerpo. Los músculos se le tensaron al pensar en él, en su manera de hacer el amor, llenándola, convirtiéndose los dos en uno hacia el objetivo final. Con Jarek, el acto podía ser tierno, o posesivo y fiero.

Pero, ¿quién poseía a quién?, se preguntó Leigh. Ella, cuando estaba con él, también podía mostrarse muy posesiva. Se encendía con Jarek y la piel le abrasaba con cada caricia.

Sus cuerpos habían llegado a tal sincronización, que podía sentirlo cuando estaba cerca, casi podía sentir el roce de sus manos. Las chispas saltaban entre ellos aun cuando estaban a cierta distancia.

La guerra sensual que se desarrollaba entre

ellos había ocasionado que su apetito se convirtiera en algo casi enfermizo. Tenía cada músculo en tensión, listo para hacer el amor con él en cualquier instante, esperando que ese momento llegara lo antes posible.

Frunció el ceño, incómoda por las nuevas sensaciones que no la dejaban pensar con claridad en otra cosa.

Cuando Jarek le pidió que se fuera a vivir con él, se había referido a algo más que a pasar las noches juntos. Pero ella no estaba preparada para compartir una casa con él. Eso conllevaba demasiadas obligaciones por ambas partes, tiempo, energía y ataduras. Y los negocios y su familia, sobre todo su familia, lo hacían muy difícil. Jarek no era del tipo de personas que pudiera vivir en un segundo plano. Él era apasionado, vital y arrogante. Estaba segura de que discutirían muchísimo. Además, eran demasiado diferentes: ella era organizada y él, impetuoso.

Leigh golpeó con un lapicero sobre el montón de papeles que tenía que enviar por fax a la oficina central. No podía olvidarse de su trabajo; Morris dependía de ella. Se pasó las manos por la cara. Por un lado sentía que debía ponerse a trabajar y, por otro, las ganas de estar junto a Jarek eran apremiantes.

¿Deseo? No le cabía ninguna duda.

¿Ternura? Por supuesto, eso también.

¿Comprensión? No; no se comprendía a sí misma ni lo que le estaba pasando. ¿Cómo podía estar echando a perder su carrera y la seguridad de sus padres por un hombre?

Aunque Clarisse, la joven que la ayudaba en la tienda, le quitaba bastante trabajo con las ventas y los escaparates, ella era la encargada y la responsable del buen funcionamiento. Además, aún seguía llevando algunas cuentas para Morris. Ya tenía demasiado para que Jarek le viniera a complicar la vida.

En aquel momento, Jarek estaba trabajando en un pedido para unos turistas. Leigh miró fijamente hacia la Roca del Ahogado. Se preguntó qué podía haber salido mal aquel día para que Annabelle muriera. Con un pequeño bote a motor, en un día de calma, el paso debería haber sido fácil. ¿En qué habría estado pensando Annabelle? Parecía estar siempre rondando la cabeza de Jarek, cada vez que miraba hacia Strawberry Hill. Leigh quería abrazarlo para protegerlo.

Con un impulso, se puso un pareo sobre el vestido y salió del hotel.

Quería sentir el aire fresco en la cara, el sol cálido sobre su piel. Sentir que estaba viva y que tenía la fuerza suficiente para enfrentarse a cualquier cosa. Bajó los escalones hacia el muelle principal y se paseó entre los tenderetes que allí habían surgido para los turistas. Vendían bisutería, conchas, velas aromáticas, sandalias hechas a mano... También había varios artistas con sus caballetes, esperando a los clientes que quisieran hacerse un retrato.

Leigh se quedó mirando a un niño que no dejaba de pedirles a sus padres que le compraran un barco de madera de juguete. Leigh aspiró el aroma del océano y del bullicio de la vida.

Se sintió viva, consciente de cada olor, de cada matiz, de la brisa sobre su piel. Cerró los ojos y aspiró profundamente, sintiéndose feliz.

Al abrir los ojos, se encontró a Lars Anders frente a ella.

El hombre la agarró del brazo y de un tirón la atrajo hacia él.

–Así que mandaste a Jarek a buscar tu dinero, ¿eh? Debería haberme dado cuenta de que no podía confiar en ti.

Leigh dio un paso hacia atrás, sorprendida por su rudeza y por la peste a alcohol que manaba de su boca.

–¿Qué?

–Si quieres que no le haga daño, será mejor que vengas a mi casa y me tengas contento.

Sabía que Jarek había ganado la última pelea, pero temía que Lars pudiera atacarlo por sorpresa.

–Déjame en paz si no quieres que llame a la policía.

–Uh, uh, menuda tigresa. Quizá Jarek no sepa como se trata a una mujer de verdad, pero yo sí. Y, además, sé lo que la mala publicidad puede hacerle a un negocio. ¿Quieres problemas? Yo puedo dártelos.

Leigh tiró del brazo para liberarse. Estaba furiosa.

–No te vuelvas a acercar a mí –le dijo con los labios apretados mientras se frotaba el brazo que le había lastimado.

117

Su risotada indicó que volvería a hacerlo.

Se alejó de él a toda prisa y al final del embarcadero se encontró a Ryan sentado sobre un amarre, mirando hacia el mar. Tenía la camiseta manchada y rasgada, y los vaqueros lucían el mismo aspecto.

–¿Ryan?

Él ni la miró siquiera.

–Odio este lugar. Ahora debería estar preparándome para competir. En lugar de eso, ayer trabajé como un esclavo. Hoy tengo que trabajar toda la noche por un maldito pedido de última hora. Me voy a morir en este lugar y será por tu culpa. Quizá me corte una mano con una sierra y entonces, ¿cómo voy a subirme a una tabla?

Se volvió para mirarla. Parecía cansado y estaba más delgado; ella se preocupó de verdad. Ryan nunca había tenido un trabajo y la transición de la vida alegre a la responsable llevaba su tiempo. Cuando Ryan estaba de ese humor, normalmente desaparecía.

–Sé que puedes hacerlo, Ryan. Lo prometiste. Ahora quiero que me prometas que no...

Se volvió y vio a Jarek mirándolos. Tenía las piernas separadas y los pulgares en los bolsillos.

–Aquí llega el jefe –murmuró Ryan mientras se ponía de pie. Después le dedicó una mirada oscura–. Creo que ya que te acuestas con él, podía ser un poco más comprensivo con tu hermano pequeño. No lo niegas, ¿verdad? Ya me he dado cuenta de la manera en que te mira, soy un hombre y conozco esa mirada. Pero siempre había pensado que tú estabas demasiado ocupada para perder el tiempo con esas cosas.

Leigh sintió que se ponía colorada.

—Eso no es asunto tuyo.

—Quizá sí lo sea... si no te trata bien... No quiero que te hagan daño, eres demasiado vulnerable. Ya deberías estar casada con un montón de niños, y este tipo podría estropearte la vida —dijo muy serio antes de levantarse y alejarse, ignorando a Jarek.

De repente, al final del muelle, una niña se soltó de sus padres y salió corriendo. Sin darse cuenta, cayó al agua con un grito.

Todo pasó en un instante. Ryan y Jarek corrieron hacia donde había caído la pequeña. Leigh corrió tras ellos y vio a su hermano lanzarse al agua.

Jarek lo iba a seguir, pero se detuvo al verlo nadar como una flecha.

—Jarek, ayúdalo —gritó Leigh—. Por favor...

—Lo está haciendo muy bien, déjale hacer esto.

Pero Leigh ya se estaba quitando las sandalias. Jarek la agarró del brazo.

—Míralo, Leigh. Ya tiene a la niña.

Jarek se subió en una motora y se dirigió hacia donde estaba Ryan con la niña. Cuando llegó junto a ellos, Ryan le pasó el cuerpo casi inerte de la niña y subió al bote.

Mientras Jarek se dirigía de vuelta a la plataforma de madera donde ya esperaba una ambulancia, Ryan iba haciéndole la respiración boca a boca a la pequeña que acababa de rescatar.

Leigh intentó hacerse un hueco entre la multitud mientras su hermano dejaba a la niña en la ambulancia, que se alejó con la sirena encendida.

Una persona gritó:

–Está viva. He oído decir al médico que el muchacho ha hecho un buen trabajo.

Los nervios en tensión de Leigh reaccionaron inmediatamente y un torrente de lágrimas le inundó los ojos.

Su hermano ya sabía que estaba compartiendo la cama de Jarek. ¿Lo sabría todo el mundo? ¿Qué pensarían de ella? Morris confiaba en que fuera tan discreta como siempre y, allí estaba ella, siendo el centro de atención de los cotilleos.

Jarek se cruzó de brazos frente a ella y Leigh explotó.

–Deberías haberme dejado ir. Nunca me vuelvas a impedir que ayude a mi familia. ¿Y dónde está el dinero que le di a Lars? –le siguió gritando–. No puedes tomar las riendas de mi vida, Jarek, yo también tengo mi orgullo. Has destruido el control sobre mi propia vida. Y ahora estás haciendo trabajar a mi hermano en exceso. Se marchará y eso hará mucho daño a mis padres.

Aquellas frases eran acusaciones muy fuertes, e incluso Leigh sabía que estaba actuando mal. Pero no se había podido contener. Era como si al tratarlo así pudiera esconder otros sentimientos a los que no quería hacer frente.

La cara de Jarek no tenía expresión. Tenía los

labios apretados y los músculos del cuello en tensión. Sacó unos billetes de su cartera y se los entregó.

Después se giró y se alejó de ella.

Leigh comenzó a sentirse fatal por las cosas tan graves que le había dicho, acuciada por el miedo que había sentido al pensar que Ryan podía ahogarse. Fuera lo que fuera lo que había habido entre ellos, se había acabado.

Mantuvo la cabeza en alto e ignoró la risa burlona de Lars cuando pasó a su lado. Aquel hombre lo había presenciado todo: su estallido de furia y la reacción fría de Jarek.

En su camino apareció una mujer que quería mostrarle lo preciosa que estaba su hijita con el nuevo bañador que le había comprado. Ella tuvo que mostrar una gran sonrisa y detenerse un rato a admirarla.

Por fin logró llegar a su habitación. Cerró con llave y se apoyó contra la puerta, en medio de la oscuridad. Estaba aterrorizada por su propia reacción, esa no era la Leigh de siempre.

Se limpió las lágrimas que empezaban a correr por sus mejillas. Estaba exhausta. Llevaba un tiempo trabajando mucho, haciendo el amor mucho; pero eso no era excusa para la reacción furiosa que había tenido.

Pensó que quizá así era mejor, acabar con todo de golpe. No estaban hechos el uno para el otro, pensó mientras llegaba un fax. ¿Tanto miedo tenía de compartir su vida?

A pesar de todo, tenía que disculparse con Jarek. Él no se merecía las cosas que le había dicho. Pero no ahora, no cuando todavía estaba temblando. Podía decir cosas que no quería y enfadarlo aún más. Intentó pensar con lógica, pero no pudo.

De repente notó un ruido en la habitación y Jarek salió de entre las sombras.

—¿Me puedes explicar de que iba todo eso?

Ella quiso correr para echarse en sus brazos. Necesitaba que la abrazara y que le dijera que no lo había perdido.

Pero se quedó muy quieta, intentando no temblar.

—Todo está sucediendo muy deprisa. No puedo darte una explicación, pero lo siento muchísimo.

Jarek asintió.

En ese momento sonó el teléfono. Se trataba de Ryan para comunicarle que la niña estaba muy bien y que todos lo consideraban un héroe. Nunca había oído ese deje de orgullo en su voz.

Cuando colgó el teléfono, se lo dijo a Jarek.

—No pensaba quedarme con el dinero de Lars y, con respecto a Ryan, en ningún momento pensé que su vida corriera peligro. Está muy acostumbrado al mar, incluso en situaciones de oleaje verdaderamente peligrosas.

—Ya lo sé, pero soy su hermana y...

—Pero hay algo más, ¿verdad?

Entonces ella recordó la cara enfadada de Lars, pero no podía contárselo a Jarek. No quería que se volviera a pelear con él y sabía que, si se lo decía, lo haría. Para los Stepanov, el honor y el orgullo eran cosas prioritarias.

–No, nada.

–Tienes miedo de venirte a vivir conmigo, ¿verdad? Quizá sea mi culpa, por presionarte demasiado, por desearte tanto.

–Yo tengo toda una familia a cuestas, Jarek. No puedo cargarte a ti con ese peso y yo no quiero abandonarlos. El verano se acabará pronto y la tienda cerrará. Entonces tendré que marcharme y buscar otro sitio para mis padres.

–Crees que yo te separaría de ellos. La familia es lo más importante y siempre debe estar unida. Pero los amantes también, para poderse susurrar palabras de amor en la noche y compartir sus preocupaciones. Tú te vas cada mañana y yo me pregunto si volverás al día siguiente. ¿Tan malo es querer tener tu ropa colgada junto a la mía? ¿Desear tener la certeza de que volverás? –preguntó con suavidad.

–Nos conocemos desde hace muy poco tiempo, Jarek.

–Es cierto, pero nos conocemos en lo esencial. Sé que tú me haces feliz y que, a veces, cuando no piensas demasiado, yo te hago feliz a ti. Quizá podamos empezar a construir desde ahí –le sugirió mientras rozaba sus labios con los suyos.

Ella se estremeció.

–Yo intentaré no presionarte demasiado, y tú no pensarás demasiado, ¿de acuerdo?

Jarek no le dio opción a responder. La abrazó

123

fuertemente y la besó con avidez hasta que Leigh se olvidó de todo.

Jarek la tomó en brazos y la llevó a la cama. En un instante estaba sobre ella, dentro de ella, dando y tomando. Con su boca le tomó los pezones, los besó, acarició y mordisqueó hasta que ella no pudo resistirlo más. Justo cuando estaba llegando al clímax, él la miró de manera salvaje.

–Así es como debe ser. Lo das todo y lo recibes todo.

Ella se sintió tan primitiva como él. Se movió con él tomando todo lo que deseaba, deleitándose en formar parte del cuerpo de él. De manera urgente y furiosa, una explosión tras otra le recorrieron todo el cuerpo y se quedó sudorosa bajo el cuerpo de Jarek.

–Me has despachado rápido –susurró con pereza e intentó levantar la cabeza, pero no pudo.

Él dejó escapar una carcajada y la besó en la frente.

–Tengo que marcharme.

Leigh notó su mirada perdida al mirar por la ventana y supo que estaba pensando en otra mujer.

–¿No te quieres duchar conmigo? –le preguntó para distraerlo.

No quería que pensara en Annabelle.

«Yo estoy viva, Annabelle, y él es mío ahora. Tú ya no puedes tenerlo».

La sonrisa de Jarek indicaba que le encantaba cuando ella se mostraba seductora.

–Eres demasiado tentadora –dijo acercándose lentamente.

–Pero tú tienes mucho trabajo que hacer –le dijo ella corriendo hacia la ducha, pensando que no podría aguantar otro asalto pasional.

Escuchó la risa de Jarek tras la puerta y sonrió a la mujer feliz del espejo.

Capítulo Nueve

Jarek levantó la tapadera de la cacerola y se inclinó para oler el guiso.

–Mmm. El cocido de mamá.

Fadey apagó la sierra y se lavó las manos. Desconectó la música y sonrió mirando la comida que Mary Jo había llevado al taller hacía unos minutos.

–Mi mujer sabe que trabajo duro... y le encanta que me ayuden mis hijos... y Ryan.

Se acercó para quitarle a Ryan los auriculares y la música rockera que se estaba escuchando en todo el taller.

–Vamos a comer.

Estaban comiendo en silencio cuando la puerta del taller rechinó. Leigh apareció ante ellos con una camiseta y unos pantalones de deporte.

–Hola, pequeña –exclamó Fadey, haciéndole señas para que se acercara–. Ven a comer con nosotros. Cuando tengas tiempo, tienes que venir a casa para que Mary Jo te enseñe a preparar el té ruso.

–Espero no molestaros –dijo Leigh, mirando hacia Jarek.

Él la tomó de la mano y la besó. Al mirarla a

los ojos, notó que algo la preocupaba y pensó que había ido a decirle que saliera de su vida.

Centrado como estaba en sus pensamientos, no se había dado cuenta de que ella había ido al almacén a buscar trapos para ir limpiando los muebles.

Desafortunadamente, ese era el lugar donde él guardaba todos los recuerdos de Annabelle.

Enseguida, Leigh descubrió la caja llena de fotos al lado de una cuna.

Jarek se acercó a ella, sin saber qué iba a decir. Entonces, como si compartiera su pasado y su dolor, ella se volvió hacia él.

–Tú no eres responsable de su muerte –le susurró–. Quizá deberías volver a echar un vistazo a todas estas cosas. Piensa en lo que sucedió aquel día desde la distancia de los años. Quizá ahora puedas entenderlo mejor. Puedes contar conmigo, hablarme de ella. Quizá eso te ayude. Yo no creo en los fantasmas, pero sé que todavía la llevas contigo. La otra noche tuviste una pesadilla y dijiste su nombre en voz alta. Creo... creo que me gusta más cuando dices el mío.

Él le agarró las manos y se las llevó a los labios. Leigh podía ver su interior y no estaba seguro de si quería que ella viera toda su pena y culpa.

–Ven a casa conmigo esta noche.

Ella asintió y miró hacia la caja de fotos y recuerdos.

–Llévala. Quiero conocer a la mujer a la que amaste.

–Ella creía en la maldición del jefe hawaiano y quizá tenía razón. ¿Es tan importante?

–Creo que sí. Quiero entenderla.

–A veces las personas son difíciles de entender. Yo debería haber hecho algo, pero no lo hice. Ahora ella está muerta.

–Pero tú no y yo tampoco. Déjame ayudarte –dijo acariciándole la frente con la mano para suavizarle el gesto.

Él la apretó contra su pecho, junto al corazón.

Más tarde, en casa de Jarek, después de una buena ducha, Leigh estaba sentada a su lado con un álbum sobre el regazo.

Una a una, las fotos de Annabelle mostraban su radiante belleza... y el amor de Jarek por ella.

Había fotos de ellos navegando, fotos del día de la boda... Al cabo del tiempo, la obsesión privada de ella empezó a reflejarse en sus rostros y el brillo que los rodeaba al principio desapareció. Mientras Jarek sonreía a su lado, ella parecía preocupada por otra cosa.

–Ella creía en aquella condenada maldición. Estaba obsesionada –dijo Jarek de repente, con aspereza, como si estuviera rememorando todas las escenas con Annabelle.

–Tú podías protegerla de todo, menos de ella misma –señaló Leigh con suavidad, sintiéndolo por él.

Jarek se levantó y se paseó por la habitación.

–Me dijo que prefería morir a seguir viviendo sin un hijo. Le sugerí que adoptáramos uno; pero ella no podía aceptarlo. Pensaba que su esencia de mujer residía en la capacidad de concebir. Ese día quería que fuera con ella a Strawberry Hill para darle un hijo.

Jarek se llevó una mano a la cara.

–Casi me había olvidado de... de la parte más oscura. Nunca hacíamos el amor a menos que fuera el momento idóneo para concebir. Intenté convencerla de que buscáramos ayuda, pero ella estaba obsesionada con Kamakani.

Jarek contuvo el aliento y lo dejó escapar.

–A veces hablaba de él con tanta reverencia, que llegué a pensar que realmente la había hechizado.

–No creo que nada de eso tuviera que ver contigo. Por lo que dices, ni siquiera creo que un hijo le hubiera dado todo lo que necesitaba.

Jarek la miró con un gesto perdido. Después salió al porche y se sentó en las escaleras. Ella fue a sentarse a su lado, le pasó el brazo alrededor y apoyó la cabeza en su hombro.

–¿Cómo sabes tanto? –preguntó él con voz ronca.

–Déjala que se marche, Jarek. Por favor.

–Lo estoy intentando. Tenías razón, las cosas se ven de otra manera con la perspectiva del tiempo.

La besó en la mejilla. Después buscó su boca y la saboreó con delicadeza.

Se puso de pie y la ayudó a ella. Entonces, la tomó en brazos y la llevó a la cama.

Esa noche hicieron el amor con suavidad y ternura, como si estuvieran flotando en una nube, unidos de manera mágica.

Durante la noche, Leigh lo abrazó mientras dormía.

Le habría gustado decirle lo que le había pasado con Lars. Sobre todo, porque el hombre había ido a su habitación y no había sido muy amable. Pero Jarek ya tenía demasiadas preocupaciones.

Tendría mucho cuidado y el hombre se cansaría de acosarla.

Cada noche dormían juntos en la cama de Jarek; pero por las mañanas, antes del amanecer, Leigh volvía a su habitación.

Estaban disfrutando mucho juntos. En su tiempo libre daban paseos por la playa agarrados de la mano, jugaban bajo las estrellas, hacían excursiones en moto... las risas de Leigh dejaban claro que se había relajado y que confiaba en él. Parecía que el negocio ya estaba bastante lanzado y ella disfrutaba de más tiempo libre. Los dos trabajaban duro, pero cuando se encontraban, su pasión les daba fuerzas renovadas.

Una noche, bajo la luz de las estrellas, Jarek le volvió a pedir que se fuera a vivir con él.

–No puedo. Morris...

Al pronunciar aquel nombre, él se dejó caer sobre una roca. Ella se sentó a su lado.

–No tengo ni idea de cómo llevar una casa, Jarek. Yo crecí en una caravana, ¿te acuerdas?

–¿Tú crees que yo quiero una criada? –preguntó él, con más furia de la que pretendía–. El problema es que no sé lo que quieres.

–A ti. Estar contigo.

–Demuéstramelo –le pidió él.

Leigh consideró el reto. Sabía lo que quería y se lo haría saber. Pero no iba a permitir que él le diera órdenes sobre el cómo, el dónde o el cuándo.

Leigh se puso de pie y caminó despacio hacia la casa.

Él la siguió.

–Sé que me amas. Si no, no te entregarías a mí.

–Claro que te amo, pero no esperes ningún favor especial por eso. Me presionas mucho, Jarek, y a mí me gusta tomar mis propias decisiones.

Cuando entró en la casa, Leigh se quitó la ropa y caminó hacia el otro extremo del salón.

–Ven aquí –ordenó ella, con la misma arrogancia con la que solía hablar él.

Jarek se quitó la camiseta y dio un paso al frente.

–Quítate lo demás –susurró mientras las piernas comenzaban a temblarle.

Jarek se quitó los zapatos de un puntapié y se desabrochó la cremallera de los pantalones.

–Quítamelos tú.

Él ya sabía lo que le estaba pasando. Sabía que tenía el pulso acelerado y que su cuerpo comenzaba a humedecerse suavemente, preparándose para él.

Leigh sintió el dolor en sus pezones y el calor que le recorría todo el cuerpo.

El juego entre ellos ya había durado mucho y ella no podía esperar más.

Le había dicho que lo amaba. No le había resultado fácil abandonar la seguridad de su mundo por él, pero lo había hecho.

Y ahora lo deseaba a él.

–Ohhh.

Ella reconoció el gemido de frustración que había escapado de sus labios antes de recorrer los metros que los separaban.

Entonces él la agarró por las caderas, se inclinó para tomar sus labios con pasión y ella dejó de pensar. Solo deseaba sentir su cuerpo contra el de ella, llevándola a alturas que solo ellos conocían.

Él entró dentro de ella con suavidad, llenándola, acomodando sus caderas a su cuerpo, mirándola a los ojos.

–Dímelo otra vez. Dime que me amas –le dijo agarrando sus glúteos con ambas manos.

Podía ser muy tierno y fiero a la vez. Pero ella también.

Estaban temblando, y apenas podían respirar porque el placer los estaba consumiendo.

–Y tú también me amas, por supuesto –le dijo ella sin aliento.

–Por supuesto –respondió él–. Si no, no sería tan obediente –su boca se curvó ligeramente–. ¿Te lo estás pasando bien?

–Claro.

Él recorrió con la mirada sus cuerpos entrelazados, como siempre hacía. Esta vez, ella le preguntó:

–¿En qué piensas cuando haces eso? ¿Cuando miras hacia nuestros cuerpos?

Jarek la miró a los ojos. Se movió lentamente, profundamente, observándola cómo se unía a él en su ritmo.

–Hueles tan bien, Leigh. Y me encanta cuando te muerdes el labio para contenerte un poco más... pero es tan adorable verte estallar...

Ella gimió mientras él se movía lentamente, frotando su pecho contra el de ella.

–Ahora estás ardiendo.

–Tú también –consiguió decir Leigh a media voz. Después soltó la espalda de él–. Ahora eres tú el que está temblando.

–Es un sentimiento tan maravilloso estar dentro de la mujer a la que uno ama. Me gusta pensar lo que eso podría significar: que así podría darte un hijo, que tú llevarías una parte de mí en tu interior.

Ella debería haber esperado esos pensamientos porque Jarek era una persona que reverenciaba a la familia. Pero nunca se le había ocurrido que él podía pensar en eso mientras hacían el amor.

En ese momento, Leigh sintió que sus instintos, despertaban y comenzó a acariciarle la cara con ternura. Después de la tormenta que había comenzado por un reto, la suavidad se abrió paso y algo nuevo nació entre ellos.

Leigh se dejó arrastrar por el placer hasta que el clímax llegó devorándolos.

–Leigh... –susurró él.

Ella lo apretó con fuerza.

–Vuelve a decirlo. Di mi nombre.

–Leigh...

Por la mañana, Leigh se despertó con Jarek pegado a su espalda, con las manos acariciándola de manera íntima.

–Me encanta tu olor de mujer. Es verdaderamente excitante porque es el olor de la mujer a la que amo.

Ella sonrió soñolienta mientras él hundía la cara en su cuello.

–Tú siempre estás excitado.

–Tienes ese efecto sobre mí –dijo él sin dejar de acariciarla.

–Mmm. ¿Qué hora es?

Jarek suspiró.

–Casi las seis y media.

–¿Las seis y media? Morris estará a punto de llegar. Tengo que...

–Sí, tienes que. Pero ahora tengo algo para ti –murmuró él mientras le daba la vuelta y la besaba en la boca.

Ella se encendió.

Veinte minutos más tarde, Leigh estaba tumbada sobre la cama, incapaz de moverse. Tenía cada músculo entumecido. Jarek estaba tumbado a su lado, jugando con sus rizos.

Ella se volvió hacia él.

–Me has vuelto a despachar en un santiamén.

–Lo mismo te digo.

Leigh presintió una tensión que no acababa de comprender. Se vistió con rapidez, recogiendo su ropa del suelo mientras Jarek se ponía los vaqueros.

Él fue a la cocina a preparar un café.

Ella tenía mucha prisa, pero al llegar a la puerta se paró.

—¿Te pasa algo?

—Te amo y tú me amas a mí. Pero estoy celoso. No me gusta que salgas corriendo para ver a otro hombre.

Leigh se pasó la mano por el pelo. No tenía tiempo.

Sí, sí lo tenía. Por primera vez puso los negocios en un segundo plano. Ahora Jarek era lo más importante de su vida.

—No es un hombre, Jarek. Es el trabajo; pero, si tu quieres, lo cancelo.

—No, no. Tú eres una mujer de negocios y sé que necesitas que esta operación salga bien. Estoy siendo muy egoísta. Lo siento.

Ella se acercó a él y le tomó la cara con las manos.

—Te amo, Jarek. Pero todavía no sé muy bien cómo manejar la situación. No estoy acostumbrada a tomar nada para mí.

Él la besó.

—¿Cenamos esta noche?

—No puedo, tengo... Vente a cenar con nosotros. Así conocerás a Morris. Siempre se ha portado muy bien conmigo. Esta noche vamos a cenar con Mijail en el hotel.

Él asintió lentamente.

—¿Pensarás en mí?

Bajo su arrogancia aparecía la vulnerabilidad y Leigh sabía que debía tener cuidado para no herirlo.

—Lo difícil será apartarte de mi mente.

Jarek agarró una caja alargada forrada de terciopelo y la abrió.

–Ponte esto, ¿vale? Necesito saber que llevas algo mío.

Un colgante de oro y esmeraldas brilló en su palma.

–No es el anillo que me gustaría que llevaras, pero servirá.

El primer impulso de Leigh fue rechazar un regalo tan valioso, pero la expresión de Jarek le indicó que era muy importante para él que lo llevara. Había sufrido mucho y ahora le estaba ofreciendo su corazón.

Cuando ella asintió, él se lo puso alrededor del cuello.

–Llévalo y piensa en mí. Recuerda que te lo regalé el día siguiente a que me dijeras que me amabas. Y piensa en si te gustaría llevar mi anillo... casarte conmigo.

El vuelo de Morris se canceló hasta el día siguiente y Leigh pudo respirar un poco tranquila. Así tendría más tiempo para prepararse la presentación.

Lo malo era que tenía un dilema más importante en la cabeza. No sabía muy bien qué quería. Hasta entonces solo se había ocupado de su familia, pero ahora tenía que pensar en ella. Lo único que había deseado durante toda su vida era cuidar de ellos, pero ahora también quería a Jarek. Y el quería casarse con ella y formar una familia propia.

Se imaginó unos cuantos niños parecidos a Jarek corriendo a su alrededor y le dio miedo. Pero la idea también la fascinó.

Apretó contra su pecho la comida que Georgia le había preparado, y sonrió a las estrellas mientras se dirigía a la casa de Jarek.

Nunca se había imaginado como el tipo de mujer que va a por su amante. Pero tampoco se había imaginado enamorándose de un hombre al que le gustaban las sorpresas, y así había sucedido.

Cuando había hablado por teléfono con Morris, este le había dicho que estaba preocupado por ella.

—Has cambiado, Leigh. Lo noto en tu voz.

A pesar de que ella le había dicho que no pasaba nada, él había decidido ir personalmente para comprobar que todo marchaba bien.

La prima que necesitaba para Ed y Bliss estaba al alcance de su mano.

Se pasó el día pensando en Jarek, en cómo había intentado liberarse de los viejos recuerdos, intentando analizar la muerte de Annabelle con frialdad, y le costó concentrarse. Cometió unos cuantos errores con el inventario y el balance de las cuentas.

Él le había abierto su corazón y su pasado aunque ella sabía que aún había muchas cosas por superar.

El camino entre los pinos era de arena y resultaba muy fácil de distinguir a la luz de la luna.

Leigh pensó que había visto algo moverse en

las sombras cuando Lars Anders apareció delante de ella, cortándole el paso.

–¿Qué tienes para mí, preciosa? –preguntó él con una sonrisa lasciva.

Por primera vez, Leigh sintió verdadero pánico. Siempre había pensado que podría manejarlo; pero en las circunstancias adecuadas, claro.

Pero ese lugar y momento los había elegido él, no ella.

–Apártate de mi camino.

Él la agarró del brazo y la atrajo hacia sí. De un tirón le arrancó la bolsa donde llevaba la comida y la arrojó al suelo.

El alcohol se olía a distancia.

–Déjame.

–Cuando acabe...

La cara de Jarek apareció de repente y Leigh se sorprendió de la violencia que reflejaba.

–Suéltala, Lars.

Lars la apartó de un empujón y se sacó una navaja.

Jarek se inclinó y le propinó un puñetazo en el estómago. Con la otra mano lo agarró por la muñeca y le arrebató el arma.

Mientras Lars estaba inclinado sobre el suelo, intentando recuperar el aliento, Jarek se volvió hacia Leigh.

–¿Quieres acusarlo de asalto o prefieres que yo...?

–Ninguna de las dos cosas. Por favor, llévame a casa.

Jarek se quedó un rato quieto y Lars desapa-

reció entre las sombras, en dirección al pueblo.

–¿A casa de quién? –preguntó con calma y
Leigh supo que cuando le contara su secreto no
le iba a gustar nada.

Capítulo Diez

Jarek puso el pollo asado y las patatas que Georgia había preparado en la mesa. La rutina de cada día, como doblar las servilletas, colocar la cubertería, rellenar los vasos de agua y vino... le daban algo que hacer cuando se sentía tan agitado.

Leigh ya era parte de su vida y no había sido capaz de confiar en él. Estaba sentada frente a él, al otro lado de la mesa. La luz de las velas se reflejaba en su cara pálida y hacía brillar el colgante de esmeraldas.

Jarek se volvió a sentar en su silla.

—¿Cuánto tiempo lleva molestándote?

Ella miró a la comida de su plato.

—Desde el día que Ryan salvó a la niña. No te lo dije porque no quería que te hiciera daño por mi culpa.

Durante un instante, Jarek permaneció sin habla.

—¿Te das cuenta de lo te podía haber hecho? Ese hombre es el doble de grande que tú y... ¿en qué estabas pensando?

Sus ojos brillaron.

—Siempre me las he arreglado sola. No creí necesario involucrarte.

–Me amas, pero no confías en mí. Venías a mi cama cada noche, pero no me contaste algo así.

Estaba realmente asustado por lo que le podía haber pasado.

Él había salido de casa para ir a verla cuando se encontró de frente con la terrible escena. ¿Qué habría sucedido si no hubiera pasado por allí?

–No quería que te hiciera daño –su voz sonó resentida.

A Jarek le salió el orgullo.

–¿Daño? Soy un hombre, Leigh. Soy grande y fuerte. ¿Qué te hace pensar que podías protegerme? ¿O que yo quería que lo hicieras? ¿Cómo piensas que me afecta todo esto? ¿Saber que no confiabas en mí?

Leigh se enderezó en su asiento y se cruzó de brazos.

–Ya está bien. Hice lo que me pareció mejor. No me gusta la violencia y no pienso aceptarla en mi vida.

La expresión de Leigh era rígida.

–¿Cuánto va a durar este interrogatorio? Es la primera vez que me enfrento a uno, así que no tengo mucha experiencia.

–Entonces, aprende –no pretendía hablarle así; pero el temor, mezclado con la rabia y el dolor eran demasiado fuertes.

¿Se quitaría el colgante que le había dado? ¿Lo dejaría al conocer su lado más primitivo?

–¿Y ahora qué? –le dijo ella con calma–. Te amo, pero me gusta llevar las riendas de mi vida. Yo cometo mis errores, pero me gusta cuidar de aquellos a los que quiero. Lo necesito. No me culpes por ser yo misma.

Su furia fue remitiendo. Leigh lo amaba. Simplemente había actuado así para protegerlo, porque lo consideraba parte de su familia.

—Debería haber imaginado que pasaría algo así, después de que intentaras comprarlo.

—Para mí era importante tener la situación controlada. Pero si volviera a pasar, te lo diría inmediatamente... si me prometes que tendrás en cuenta mis sentimientos antes de actuar. Me gusta la precaución y tú eres bastante impetuoso. Ya viví con personas impetuosas antes, mis padres. Y desde entonces llevo buscando la estabilidad. Hasta que apareciste tú: arrogante y apasionado. Y, sin embargo, aquí estoy, ¿verdad?

Aquella concesión la salvó, pero le había costado mucho.

—¿Crees que hacemos una buen pareja?

Ella asintió y sus rizos de color cobrizo brillaron bajo la luz de la lámpara.

Jarek deseaba con toda el alma tener hijos y esperaba ser padre de una niña con aquellos rizos.

—De acuerdo. Te prometo que si algo así vuelve a suceder, te tendré en cuenta.

—Y yo tendré en cuenta que también puedes ser bastante predecible y que, en determinadas circunstancias, haces las mismas cosas.

Como las dudas y las emociones ya lo habían gastado bastante, preguntó:

—¿Comemos?

Ella lo miró con el ceño fruncido.

—¿Ves? Pasas de algo realmente importante a

lo trivial. Y estás sonriendo cuando hace un instante estabas furioso. Vamos a ceñirnos al programa, ¿de acuerdo?

A él le encantó la expresión de cariño con la que dijo aquello. No pudo resistirse a tomarle el pelo.

–Tú me has traído la cena. Está ahí, enfriándose. Una mujer debe prepararle la comida a su hombre. Ese es el programa.

Leigh agarró un bollo de pan y se lo lanzó a la cabeza. Él lo agarró y le dio un mordisco, masticándolo mientras intentaba no reírse.

–No voy a darle vueltas al asunto. Tú crees que nunca haría nada realmente impetuoso, ¿verdad? La buena de Leigh. Tan digna de confianza. Tan aburrida. Quizá no me guste eso. Sé arreglármelas sin un programa, ¿sabes?

–Demuéstramelo –le dijo él para retarla.

–De acuerdo. Mañana cenaremos con Morris y ahora quiero darte algo que recordarás, solo para ti.

Un rato después, Jarek permanecía sentado, muy quieto, con el cuerpo en tensión. Leigh se había quitado toda la ropa y estaba comiendo y charlando con solo el colgante puesto.

El no podía hablar. No podía pensar. Solo podía admirar su piel desnuda. Cuando ella le acarició el interior de los muslos con los dedos del pie, él la agarró por el tobillo.

La voz de Jarek salió ronca y en un susurro.

–Entonces, ¿en esto es en lo que debo pensar mientras hablas con Morris?

Ella le dedicó una sonrisa maliciosa.

–Soy buena, ¿a que sí? Pero ahora tengo que decirte que quizá haga algo que no te guste; sin embargo, voy a hacerlo de todas maneras. Es algo que creo necesario para zanjar un asunto de una vez por todas.

El contraste entre la sensualidad de su cuerpo y la advertencia de sus palabras lo dejaron de piedra. ¿Iría a ver a Lars?

–Cuéntame.

–Oh, pronto lo sabrás. Es algo que necesito hacer como mujer, algo muy personal. Pero lo que tienes que recordar es que te quiero. Y no te preocupes, no pienso intentar arreglar nada con Lars ni con nadie por el estilo.

–Ven aquí –le dijo él en un susurro, con el pulso acelerado y la sangre tan caliente como la de ella.

Leigh se levantó lentamente, dobló la servilleta, se atusó el pelo y fue a sentarse sobre su regazo.

Jarek guardó aquella imagen para siempre.

Cuando la tuvo con él, le acarició el pelo y le besó los párpados.

Su cuerpo se puso duro como una piedra cuando ella le habló al oído, rozándole con los labios.

–Mis padres creen que se van a quedar aquí todo el invierno. Son muy felices. Ryan también se va a quedar, aunque quiere independizarse. Fadey y él están tramando un plan para construir tablas de surf; le gusta trabajar con la madera. Jamás se me habría ocurrido traerlo aquí. Pero, gracias a ti, tengo a toda mi familia junta. Así puedo cuidar de mis padres mucho mejor.

Jarek le acarició los pechos. Le encantaba ver cómo se le endurecían los pezones y cómo su respiración se agitaba cuando la tocaba. También le encantaba su aroma de mujer, era realmente excitante.

–Estás preparándome para mañana por la noche, ¿verdad? Asegurándote de que todo sale a la perfección con Morris.

–La verdad es que me gustaría que te comportaras bien. Morris es mi amigo y me gustaría que se llevara una buena impresión de ti. Puedes reservarte la actitud de macho arrogante para mí porque yo estoy aprendiendo a defenderme muy bien.

Leigh respiró hondo y le clavó los dedos en los hombros cuando él empezó a acariciarla de manera más íntima.

–Pero ahora no espero que te portes bien...

Jarek se levantó con ella y la llevó a la cama. Mientras la depositaba sobre las sábanas, pensó que Leigh era todo lo que quería o podría querer jamás.

–Gracias –le susurró Leigh en el cuello mientras bailaban la noche siguiente.

Jarek llevaba un traje de chaqueta y corbata. Estaba espléndido. Pero ella conocía bien el cuerpo duro que había bajo la ropa, todo lo que pediría y todo lo que ella le iba a dar. Conocía aquella mirada, el deseo que encerraba, aunque

145

estuviera hablando calmadamente con Mijail y Morris.

La presencia de los hermanos Stepanov, vestidos para matar, había provocado un pequeño revuelo entre las señoras del salón. Los dos eran altos y tenían tal magnetismo y emanaban tal sensualidad primitiva, que la mujeres suspiraban a su paso.

Mijail la trataba más como a una hermana que como a una compañera de negocios. Se había mostrado muy atento con ella y la había sacado a bailar en una ocasión. La orquesta tocaba canciones clásicas y Mijail bailaba suavemente mientras saludaba con una sonrisa a los invitados.

–Llevas el colgante de mi hermano. Lo próximo será el apellido Stepanov. A mi hermano no le gusta esperar. Pero no creas que eso te va a ayudar a colocar un expositor fuera de la tienda.

Jarek ya le había hecho la oferta y a ella le tocaba decidirse.

Pero todavía tenía un asunto que resolver. Tenía que comprobar que Annabelle se había marchado.

–Mijail, sabes que ese expositor con ropa de baño es una buena idea para atraer a los turistas. Lo único que quieres es hacerme sufrir.

–Por supuesto –dijo él con familiaridad–. Me encanta ver cómo te peleas para conseguir algo. Mi hermano no iba a elegir una mujer débil. Tu carácter lo motiva.

–¿Ah, sí?

Leigh recordó la cara de Jarek la noche anterior cuando se desnudó delante de él para la cena.

–Jarek está fascinado contigo –continuó Mijail–. Eso es porque está enamorado de ti, por supuesto.

Ella le devolvió la sonrisa.

–Por supuesto. ¿Cómo no iba a estar enamorado de mí?

Mijail estalló en carcajadas y la gente se volvió para mirarlos, pero a Leigh no le importó.

Esa noche, durante la cena de negocios, estaba pendiente de cada gesto de Jarek, de cada movimiento.

Jarek la había estado mirando mientras bailaba con Mijail y se había acercado a ellos. Leigh sabía que estaba relajado, se notaba en su manera de caminar hacia ella.

Mijail le sonrió al verlo llegar.

–Ahora es mi turno –dijo con un sonrisa.

Leigh se relajó abrazada a él.

–La cena ha sido perfecta. Y tú también.

–¿Acaso tenías dudas? –Jarek miró por encima de los rizos de Leigh hacia el hombre sentado en la mesa–. Ahora me apetece tomarte en brazos y sacarte de aquí.

Ella le sonrió. Jarek la hacía sentirse como una mujer, femenina, deseada y muy amada.

Se había puesto un vestido negro ajustado, muy decente por delante pero con un escote escandaloso en la espalda. En el cuello llevaba el colgante que Jarek le había regalado y nada más.

Jarek le acarició la espalda, y en sus ojos verdes pudo ver que la deseaba y que estaba recordando las veces que habían hecho el amor durante la noche. Sintió que las piernas le temblaban.

Marcela se acercó a ellos con una sonrisa seductora y le dio unos golpecitos a Jarek en el hombro.

—¿Me permites un baile?

Él la miró furioso.

—No. Lárgate. Estoy comprometido.

Marcela se quedó tan alicaída, que Leigh casi sintió pena por ella. La mujer desapareció sin hacer ruido.

—Esta noche te vas a quedar con él, ¿verdad?

—Primero vamos a aclarar una cosa: todavía no estamos comprometidos.

Él se encogió de hombros, como si aquello fuera algo sin importancia. Lo importante era que ella le pertenecía a él y él a ella.

—Esta noche tenemos que hablar de negocios y mañana por la mañana, también. Esta noche no... no podré ir a tu casa.

La expresión de la cara de él le indicó que no estaba nada contento.

—¿Tiene Morris algo que ver con la advertencia que me hiciste anoche?

—No, nada de eso. Es un asunto de mujeres. Y es privado.

—Creo que no me gusta.

—Es algo que tengo que solucionar yo sola, mi amor. Déjame.

Por el sonido que hizo, Leigh supo que no le

agradaba nada la idea, pero sabía que se atendría a su decisión.

Dos horas mas tarde, Morris estaba con ella en su habitación, repasando su proyecto y los informes. Después de un rato, dejó los papeles a un lado.

—Ha sucedido, ¿verdad? Te has enamorado.

Ella se volvió hacia él.

—Sí. Lo quiero.

Morris levantó su copa de vino y le dio un gran trago. Tenía la mirada triste.

—Se nota en la manera que os miráis. Él es el motivo de que te encontrara tan distraída, ¿verdad?

Ella asintió.

Morris se levantó y se acercó a la ventana. Parecía tan solo, que ella se acercó a su lado. Él meneó la cabeza con expresión triste.

—Siempre pensé que algún día, tú y yo...

—Tú y yo siempre seremos amigos. Aunque nuestra vida cambie.

—Todo ha sucedido demasiado rápido. Lo tuyo con Stepanov ha prendido como el fuego. Nunca lo habría imaginado de ti. Tú siempre has sido una mujer muy metódica, con todo bien planeado... ¿Solo había negocios entre nosotros?

—No, Morris, había mucho más... confianza, amistad, respeto. Somos amigos y los buenos amigos no son fáciles de encontrar.

—No confío en él. Es arrogante y ha ido demasiado deprisa contigo. Tú eres muy vulnerable, especialmente después de aquel asunto con Kevin. Estás acostumbrada a trabajar duro, te encanta. No serás feliz aquí, desperdiciarás tu talento.

Ella no había esperado oír aquel deje de amargura en su voz. Él siempre había sido una persona tan tranquila y comprensiva...

—Me voy a casar con Jarek, Morris. Todavía tenemos un asunto pendiente, pero nos amamos. Me gustaría que siguiéramos siendo amigos.

—¿Amigos? —repitió él, serio. Entonces se volvió y se dirigió hacia la puerta—. Hasta mañana.

—Morris...

Pero la puerta se cerró de golpe y ella se quedó con la sensación de haber perdido a un buen amigo.

Se apoyó en la ventana y miró hacia el océano. Morris tenía razón: había pasado muy poco tiempo. Pero estaba enamorada; Jarek era su media naranja.

La luz de la luna se reflejaba sobre la Roca del Ahogado, haciendo resaltar su silueta en medio de la noche. Casi podía oír la voz lastimera de Annabelle llamando a Jarek.

Cerró los ojos, necesitaba que la rodeara con sus brazos, necesitaba su fuerza. Por la mañana esperaba que Morris hubiera entrado en razones... a partir de ahí, ella se encargaría del fantasma de Annabelle y de la maldición de la roca.

Entonces, vio al hombre que había bajo la ventana de su habitación, con la camisa blanca flotando al viento mientras miraba hacia arriba.

Cuando Leigh fue a abrir la puerta, allí estaba él con un ramo de flores en la mano.

—¿Acaso pensabas que no vendría a por ti?

¿Que me quedaría en la cama vacía pensando en ti?

Ella tomó el ramo con una sonrisa.

—Gracias.

—Cuando te vi en la ventana, supe que estabas sola.

Leigh aspiró la fragancia de las flores.

—Si estabas pensando en mí, solo tenías que haberme llamado.

Él negó con la cabeza.

—No es lo mismo. No hubiera podido olerte, tocarte, sentirte, admirarte.

Ella no pudo evitar una risita de placer.

Jarek se inclinó y la tomó en brazos para llevársela a la cama.

Por la mañana, cuando ella se despertó, él ya se había ido. Sobre la almohada había dejado una rosa roja y una nota:

Cásate conmigo.

Ella sonrió soñolienta, imaginándose para su boda la combinación de las ideas tradicionales de los Stepanov y las más románticas y liberales de sus padres.

Bajo su puerta apareció un sobre cerrado con una nota de Morris:

Lo entiendo. Intentaré aclarar mis ideas y continuaremos siendo amigos. Pero ahora tengo que marcharme.

Leigh se llevó la nota al pecho y lo sintió por el hombre que la había esperado en vano.

–Oh, Morris. Espero que encuentres a alguien que te quiera.

A las seis de la mañana, la Roca del Ahogado surgía entre la niebla. Annabelle estaba allí, esperando, y ella se había decidido a apartarla de Jarek.

–Soy demasiado egoísta para compartir a mi amor con un fantasma o con su culpabilidad –susurró Leigh en voz alta y se fue a llamar a Ryan.

Jarek estaba de pie en la orilla, mirando cómo el sol se hundía en el agua. Cuando fue a buscar a Leigh a las cuatro, se encontró la tienda cerrada. Mijail le dijo que había cerrado antes. Ahora eran las seis.

–¿Habría decidido irse con Morris después de todo?

Aquel pensamiento le heló la sangre. Sabía que lo amaba a él, lo había visto en su mirada, en sus gestos...

¿Dónde estaba?

Las gaviotas revolotearon sobre su cabeza, el oleaje bañaba la playa y la brisa salada transportaba un olor a miedo.

Había ido a buscarla a casa de sus padres, pero allí tampoco estaba. Aunque su madre sí sabía adónde había ido:

–Ha ido a hacer lo que debía. Déjala.

Jarek no había podido quedarse en casa cruzado de brazos a esperarla y había salido a pasear por la playa.

¿Qué sería eso tan importante que necesitaba hacer sola? A él no le importaba dejarla, pero necesitaba saber que estaba bien.

Cerca de la Roca del Ahorcado, vio una motora pequeña que se dirigía hacia el pueblo. Al principio no era más que un punto en la distancia, y Jarek no le prestó atención. El bote se fue acercando, directo hacia él. Pensó que serían turistas o algún chico que volvía de pescar.

Entonces, un brazo blanco se agitó en el aire y los últimos rayos de sol brillaron en los rizos de Leigh. Corrió hacia donde estaba el bote y la ayudó a arrastrarlo hasta la arena.

No podía hablar, solo mirar hacia la roca, entendiendo inmediatamente que el bote había salido del pasaje donde Annabelle había muerto.

–¿De dónde vienes? –preguntó él.

Por la expresión de ella, supo que había estado en Strawberry Hill. Entonces un sudor frío le corrió por la frente. ¿Estaría Leigh también fascinada con la leyenda del jefe hawaiano?

Invadido por el dolor y el miedo, dio media vuelta y se alejó de ella. Ella lo llamó, pero él siguió caminando. En la distancia vio a Ryan con unos prismáticos. Ed y Bliss estaban con él. También vio a Mijail en las escaleras del hotel. Leigh volvió a llamarlo, pero él la ignoró.

La oyó correr tras él; pero no se volvió, aterrado por el pensamiento de que le podía haber pasado alguna desgracia.

Entonces ella chocó contra su cuerpo y él se

tambaleó. Leigh le echó los brazos al cuello y se subió a su espalda. De manera automática, Jarek la sujetó por los glúteos como si fuera una niña pequeña.

Pero no era ninguna niña, era la mujer a la que amaba y acababa de hacer algo inexplicable, aterrador. Él siguió caminando con ella a cuestas.

–Tenía que hacerlo –le susurró Leigh al oído.

–¿Por qué?

Ella le dio un beso en la mejilla.

–Porque quería que supieras que yo siempre volveré. Yo no soy Annabelle, Jarek. Soy yo y estoy a salvo.

–Pero te podía haber pasado algo. Hay corrientes...

–Ryan me habló de ellas. ¿Crees que con un hermano que se ha pasado la vida en el agua no iba a tener ni idea de cómo arreglármelas? Eres demasiado arrogante si crees que no sé cómo manejar una motora en un día claro.

–Tuviste suerte.

–No, soy buena, querido futuro esposo. Muy buena. Y te quiero. Pero también soy demasiado egoísta para compartirte. Volví, y eso es lo más importante.

Él le sonrió.

–Pero no vuelvas a hacerlo.

–Por supuesto que no. Pero esta vez era importante. Quería devolver a Annabelle al pasado, donde pertenecía.

Jarek negó con la cabeza y la dejó en el suelo. Después dio media vuelta y la abrazó.

Todo lo que deseaba y amaba lo tenía entre sus brazos.

Leigh lo miró con sus ojos color avellana, mostrando en ellos todo su amor.

–Recuerda que yo he vuelto, Jarek. Empecemos desde aquí.

Se casaron en septiembre con una ceremonia tradicional. Después de la boda, toda la familia se reunió en casa de los Stepanov.

Fadey se sentó en su sillón favorito para observar a su nuera, mientras esta servía el té ruso que había preparado. Estaba preciosa, por supuesto, e iradiaba felicidad y amor, como tenía que ser. También le gustaba el vestido que había elegido.

Todo era perfecto, pensó.

Fadey dejó escapar un suspiró y dio un sorbo a su té. Si Mijail... Estaba seguro de que el amor también volvería a su vida.

Mary Jo le limpió una lágrima de la mejilla.

–Soy tan feliz –se disculpó Fadey.

De repente, Bliss dio un grito y agarró la mano de su hija.

–¡Epa! –gritó Ed y agarró la de Jarek.

–Oh –dijo Mary Jo–. Será mejor que aparte las cosas que se puedan romper–. Fadey, enrolla las alfombras y pon la música.

Unos meses más tarde, Jarek vio que Leigh se acercaba. Se quedó de pie en la puerta de la casa que estaban construyendo para ellos, esperándola. En el fondo se oía la sierra de su padre y los martillos de Ed y Ryan.

El viento aplastó la ropa de Leigh contra su cuerpo, mostrando las curvas que pronto desaparecerían.

Por si no se le notaba en el brillo de la cara y en su gran sonrisa, Leigh se lo dijo con palabras:

—Estoy embarazada —gritó contra el viento, antes de llegar a su lado.

—Por supuesto —gritó Jarek, mientras corría escaleras abajo para besar a la mujer a la que amaba.

Acepte 2 de nuestras mejores novelas de amor GRATIS

¡Y reciba un regalo sorpresa!

Oferta especial de tiempo limitado

Rellene el cupón y envíelo a

Harlequin Reader Service®

3010 Walden Ave.

P.O. Box 1867

Buffalo, N.Y. 14240-1867

¡Si! Por favor, envíenme 2 novelas de amor de Harlequin (1 Bianca® y 1 Deseo®) gratis, más el regalo sorpresa. Luego remítanme 4 novelas nuevas todos los meses, las cuales recibiré mucho antes de que aparezcan en librerías, y factúrenme al bajo precio de $2,99 cada una, más $0,25 por envío e impuesto de ventas, si corresponde*. Este es el precio total, y es un ahorro de más del 10% sobre el precio de portada. !Una oferta excelente! Entiendo que el hecho de aceptar estos libros y el regalo no me obliga en forma alguna a la compra de libros adicionales. Y también que puedo devolver cualquier envío y cancelar en cualquier momento. Aún si decido no comprar ningún otro libro de Harlequin, los 2 libros gratis y el regalo sorpresa son míos para siempre.

416 BPA CESK

Nombre y apellido	(Por favor, letra de molde)
Dirección	Apartamento No.
Ciudad	Estado	Zona postal

Esta oferta se limita a un pedido por hogar y no está disponible para los subscriptores actuales de Deseo® y Bianca®.

*Los términos y precios quedan sujetos a cambios sin aviso previo.

Impuestos de ventas aplican en N.Y.

SPD-198   ©1997 Harlequin Enterprises Limited

No volvería a dejarla escapar

Wolfe llevaba cinco años buscando a
Rowan Corbett con el fin de resolver un misterio, y ahora
que la había encontrado, resultaba ser todo lo que él
había esperado: una mujer encantadora e increíble-
mente bella. Pero también había en ella una inocencia
que sorprendió a Wolfe... La combinación de todo
aquello era tan explosiva que ambos acabaron en la
cama nada más conocerse.

Después de su breve encuentro, Rowan huyó
de él, pero Wolfe Talamantes no era de los que se ren-
dían. Ya la había encontrado una vez y estaba dispuesto a hacerlo de nuevo... pero esa
vez no volvería a dejarla marchar sin que le conta-
ra toda la ver-
dad.

Más allá de la verdad

Robyn Donald

PÍDELO EN TU PUNTO DE VENTA

HARLEQUIN

Deseo

EL HOMBRE DEFINITIVO

Kristin Gabriel

¿Sería posible que una falda funcionase como un imán para los hombres? Eso era lo que creía Kate Talavera; al fin y al cabo, gracias a esa falda, dos de sus amigas ya habían encontrado marido. Por eso, cuando el sexy Brock Gannon apareció en su vida después de doce años e intentó seducirla, Kate pensó que aquel era el hombre definitivo. Pero ella no podía sospechar que Brock solo iba tras la falda...

Aquella Navidad era especial

A pesar de que Reece Erskine estaba deseando que acabaran aquellas navidades de una vez por todas, no le importaba darle un par de besos a su vecina Darcy bajo el muérdago. Bueno, un par de besos o lo que hiciera falta... Pero no estaba dispuesto a entablar una relación seria. Después de la dolorosa pérdida de su mujer, su corazón se había endurecido. Las cicatrices del pasado le impedían volver a enamorarse.

Darcy no sabía si podría algun día derribar las barreras que ese hombre había erigido para protegerse del amor...

Besos en Navidad

Kim Lawrence

PÍDELO EN TU PUNTO DE VENTA